クイズで学ぶ俳句講座

20週
俳句入門

戸恒東人

本阿弥書店

20週俳句入門

クイズで学ぶ俳句講座

練習問題八〇問と解答・解説付き

戸恒東人

第1週

【問1】次の俳句の□□に正しい文字を入れて下さい。

① □□□やいのちのはてのうすあかり　久保田万太郎

② □□□□□煙の如く沈み居り　日野　草城

［ヒント］　庶民的な食べ物（季語）を詠んだ句です。

①は、冬の食卓にのる鍋物の温かく柔らかい食べ物で、久保田万太郎の最晩年の作品です。ふうふう吹いて食べながら、そこに命の果のかすかな光明を見いだしたのです。

②は、夏の食べ物。漢字で書けば二文字（心太）です。天草を煮とかしたあと冷却凝固させ、細い糸状にして食器にあけ、辛子醤油や酢、黒蜜などをかけて食べます。

［解答と解説］

①湯豆腐　句集『草の丈』（昭和二十七年刊）所収

②ところてん　句集『花氷』（昭和二年刊）所収

久保田万太郎《くぼたまんたろう》（一八八九〜一九六三）は、東京浅草生まれ。小説家・劇作家・俳人。俳号は傘雨。戦後俳誌「春燈」を主宰。句集に『道芝』など。昭和三十二年文化勲章受章。傘雨忌は五月六日。《誰彼のなき傘雨忌でありしかな》（鈴木真砂女）。

代表句　神田川祭の中をながれけり
　　竹馬やいろはにほへとちりぢりに

日野草城《ひのそうじよう》（一九〇一〜一九五六）は、東京上野生まれ。「ホトトギス」で学んだ後、「旗艦」を創刊。昭和初期の新興俳句運動を主導した。戦後「青玄」を創刊・主宰。句集に『花氷』など。昭和九年に連作「ミヤコホテル」十句を発表。草城忌は一月二十九日。

代表句　春暁や人こそ知らね木々の雨
　　春の灯や女は持たぬのどぼとけ

【問2】次の俳句の作者名を（　　）の中に入れて下さい。

① ふところに乳房ある憂さ梅雨ながき（　　）

② おそるべき君等の乳房夏来《きた》る（　　）

③ すばらしい乳房だ蚊が居る（　　）

［ヒント］「乳房」（無季）を詠んだ句です。

①は草城門下の女性の句、②と③は男性の句です。②は戦後俳人協会の設立に尽力した、鬼才と呼ばれた俳人の句で、③は山頭火と並ぶ自由律の漂泊の俳人の句です。

いずれも夏季の句ですが、①は梅雨どきの鬱陶しさをみずからの乳房に感じ、②は戦後の日本女性の逞しさを乳房で感じています。③は、授乳中の若い母の豊満な乳房に蚊が近づいてきているのを危うげに見ているのでしょう。

［解答と解説］

①桂《かつら》　信子《のぶこ》　句集『女身』（昭和三十年）所収

②西東三鬼《さいとうさんき》　句集『夜の桃』（昭和二十三年）所収

③尾崎放哉《おざきほうさい》　句集『大空《たいくう》』（大正十五年）所収

桂　信子（一九一四〜二〇〇四）は、大阪市生まれ。日野草城門下、戦後「草苑」を創刊・主宰。平成四年蛇笏賞受賞。忌日は十二月十六日。

代表句　たてよこに富士伸びてゐる夏野かな

西東三鬼（一九〇〇〜一九六二）は、津山市生まれ。歯科医師。「天狼」創刊に尽力。「断崖」主宰。昭和三十七年四月一日胃癌にて死亡。三鬼の忌、西東忌。

代表句　中年や遠くみのれる夜の桃

尾崎放哉（一八八五〜一九二六）は、鳥取市生まれ。保険会社に奉職するが飲酒癖のため退職。小豆島西光寺南郷庵にて結核により死亡。忌日は四月七日。

代表句　咳をしても一人

【問３】次の俳句には文語文法上の間違いまたは歴史的仮名遣い等の間違いがあります。間違い箇所を指摘し、正しい表記に改めて下さい。

① 道問ふて焚火の婆にいたはられ　（誤）　（正）

② 缶ひろふ生業やあり花木槿　（誤）　（正）

［ヒント］

①は、「ウ音便」の使い方に関する問題。
ハ行四段活用動詞「問ふ」の連用形「問ひ」に接続助詞「て」がつくときには、どう書くか。

②は、係り結びの法則に関する問題。
俳句では音数が十七しかないので、この原則が守られていない俳句が多いが、係助詞「や」が用いられた場合には、連体形で結ぶ。

〔解答と解説〕

①**「問ふて」が誤り。正しくは「問ひて」または「問うて」（ウ音便）。**

ハ行四段活用動詞「問ふ」の活用は左の通り。

動詞	語幹	未然形	連用形	終止形	連体形	已然形	命令形
問ふ	と	は	ひ	ふ	ふ	へ	へ

接続助詞「て」は連用形に付くので、原則は「問ひて」となるが、「ウ音便」で「て」に接続するので、その場合は「問うて」となる。

「問ふて」は、音が同じなのでよく間違う。なお「て」は終止形や連体形には付かない。

②係助詞「や」が用いられる場合には、動詞の活用形は連体形で結ぶ。従って、「あり」の連体形「ある」を用いて、**「生業やある」としなければならない。**

【問4】次の漢字の読みを歴史的仮名遣いで□の中に入れて下さい。

①牛膝 □□□□□
②女郎花 □□□□□□
③蕣 □□□□□
④狗尾草 □□□□□□
⑤稚児車 □□□□□□

［ヒント］いずれも季語の草花で、日常的に目にすることができます。
①牛膝　ヒユ科の多年草。高さ約80センチ。夏秋の頃、緑色5弁花の花穂をつける。果実は苞（ほう）に棘があり、衣服などに付着する。（季・秋）
②女郎花　女郎花科の多年草。高さ約1メートル。夏・秋に黄色の小花を多数傘状につける。秋の七草の一つ。（季・秋）
③蕣　江戸時代にこう書かれた。木槿のこととも。牽牛花と同じ。（季・秋）
④狗尾草　イネ科の一年草。夏、緑色の犬の尾に似た穂を出す。ねこじやらし。（季・秋）
⑤稚児車　バラ科の落葉小低木。代表的な高山植物。7～8月頃、先端に白花を1個ずつつける。果実となっても花柱が残って長く伸び、これが車輪状に多数集まる。（季・夏）

［解答］
①ゐのこづち　②をみなへし　③あさがほ　④ゑのころぐさ　⑤ちんぐるま

［例句］
① ゐのこづちひとのししむらにもすがる　山口　誓子『激浪』
ゐのこづちくつつき一つづつ緑　岡田　日郎『連嶺』
② 見るうちや風の吹き折る女郎花　三浦　樗良『樗良句集』
いつの世に名づけし花や女郎花　森　澄雄『花間』
③ 蕣や昼は錠おろす門の垣　松尾　芭蕉『薦獅子』
蕣に簀干しの魚も見て過ぎぬ　加舎　白雄『白雄句集』
④ よい秋や犬ころ草もころころと　小林　一茶『八番日記』
ゑのこ草媚びて尾をふるあはれなり　富安　風生『松籟』
⑤ チンクルマむらがり咲いて未知の夜へ　飯田　龍太『山の影』
寝袋にあこがれる日やちんぐるま　中山　純子『晩晴』

第２週

【問１】次の俳句の□に正しい文字を入れて下さい。

① □□□より新緑がパセリほど　鷹羽　狩行

② □□より一筋の雪解水　有馬　朗人

［ヒント］

①は、ニューヨークのエンパイア・ステート・ビルディングから市内を見下ろしたら、公園の新緑がパセリのように見えたという、作者の代表句。

②は、奥州平泉の中尊寺のある堂宇から、一筋の雪解水が流れ出ていたという句で、この句も作者の代表句です。

［解答と解説］

①摩天楼　句集『遠岸』（昭和四十七年）所収

②光堂　句集『天為』（昭和六十二年）所収

鷹羽狩行《たかはしゅぎょう》（一九三〇〜）は、山形県新庄市生まれ。本名髙橋行雄。山口誓子・秋元不死男に師事。昭和五十三年「狩」創刊・主宰。俳人協会会長、日本芸術院会員。蛇笏賞受賞。句集に『誕生』（俳人協会賞）『遠岸』など多数。

代表句　天瓜粉しんじつ吾子は無一物

葛の花むかしの恋は山河越え

有馬朗人《ありまあきと》（一九三〇〜）は、大阪生まれ。山口青邨に師事。平成二年「天為」創刊・主宰。東京大学総長、参議院議員、文部大臣などを歴任。文化勲章受章。句集に『母国』『天為』（俳人協会賞）など多数。

代表句　草餅を焼く天平の色に焼く

初夏に開く郵便切手ほどの窓

【問2】次の俳句の作者名を（　　）の中に入れて下さい。

①いなづまやきのふは東けふは西　（　　　）

②菜の花や月は東に日は西に　（　　　）

③しぐるゝや駅に西口東口　（　　　）

［ヒント］　一句の中に「東」と「西」を詠みこんだ句です。

①は、元禄時代の俳諧師で、芭蕉の高弟の句。浮世絵風洒落俳諧で江戸俳壇をリードした蕉門の伊達者と言われた。稲妻は稲の夫《つま》とも書くので、一向に自分のところを訪れてくれない男を恨む裏意も窺える。②は、江戸時代中期の俳人・画家の句。独自の多彩な作風を開き、いわゆる中興俳諧の主導者となった。安永三年（一七七四年）作。③は、昭和の俳人の句で昭和二十一年の作。「田園調布」の前書がある。

［解答と解説］
①榎本其角《えのもときかく》　『阿羅野《あらの》』（荷兮《かけい》編・元禄二年序）所収
②与謝蕪村《よさぶそん》　『蕪村句集』（几董編・天明四年）所収
③安住《あずみ》　敦《あつし》　句集『安住敦集』（昭和三十二年）所収

榎本其角（一六六一〜一七〇七）は、江戸堀江町生まれ。榎本氏のち宝井氏。十五歳の頃に芭蕉に入門。貞享三年（一六八六年）宗匠として立机。以後服部嵐雪とともに江戸蕉門の最古参として活躍。

代表句　名月や畳の上に松の影

与謝蕪村（一七一六〜一七八三）は、摂津国毛馬村生まれ。本姓谷口氏。明和七年（一七七〇年）夜半亭を承継して俳諧宗匠の列に加わった。

代表句　春の海終日《ひねもす》のたり〳〵かな

安住　敦（一九〇七〜一九八八）は、東京芝生まれ。久保田万太郎の「春燈」の二代目主宰。俳人協会会長、蛇笏賞受賞。句集に『柿の木坂雑唱』など。

代表句　てんと虫一兵われの死なざりし

【問３】次の俳句には文語文法上の間違いまたは歴史的仮名遣い等の間違いがあります。間違い箇所を指摘し、正しい表記に改めて下さい。

① 曙やゆるりとほぐる鴨の陣　（誤）　（正）

② 春二番一番よりも激しかり　（誤）　（正）

［ヒント］

①は、下二段活用動詞「ほぐる」の接続に関する問題。「ほぐる」か「ほぐるる」か、それとも他の方法はないか。

②は、シク活用の形容詞「激し」の連用形「激しかり」を文末に置くことができるかどうかという難解な問題。

［解答と解説］

①**「ほぐる」が誤り。**「鴨の陣」は名詞なので、「ほぐる」の連体形「ほぐるる」に接続する。しかし「ゆるりとほぐるる」となると、中八の字余りとなるので、この句の場合には「ゆるりとほぐれ」と連用形を用いて、中七とする。

②形容詞「激し」（シク活用）の活用は左の通り。

形容詞	語幹	未然形	連用形	終止形	連体形	已然形	命令形
激し	はげ	しく しから	しく しかり	し	しき しかる	しけれ	しかれ

「激し」の連用形「激しかり」は、助動詞「けり」に付けるためにできた活用であり、例えば「悲し」の連用形「悲しかり」単独では終止せず、「悲しかりけり」と「けり」を付けなければならない。従って**「激しかり」は間違い**で、「激しくて」あるいは「なほ激し」などと五音にするか、助動詞「き」を付けて「激しかりき」と字余りにする。

【問4】次の漢字の読みを歴史的仮名遣いで□の中に入れて下さい。

① 無患子　□□□□

② 新松子　□□□□□

③ 零余子　□□□

④ 金亀子　□□□□□

⑤ 郁子　□□

［ヒント］いずれも「子」が末尾に付いた名詞で季語。

①無患子　種子は黒色で固く、羽子の球に用い、また果皮はサポニンを含むので石鹸代用とした。（季・秋）

②新松子　今年できた松かさのこと。青松笠とも。（季・秋）

③零余子　珠芽《しゅが》のこと。特に、ヤマノイモの葉の付け根に生じる珠芽を指す。（季・秋）

④金亀子　体長約2センチ。成虫は種々の植物の葉を食う害虫。幼虫は土の中に棲み腐った植物質や根を食う。夏、灯火に寄ってくる。かなぶん。（季・夏）

⑤郁子　女性の名前「郁子《いくこ》」ではない。アケビ科の常緑蔓性低木。暗紫色のアケビに似た果実を結ぶが開裂しない。甘く食用。（季・秋）「郁子の花」は（季・春）。

［解答］
①むくろじ　②しんちぢり　③むかご　④こがねむし　⑤むべ

［例句］
①無患子降る寺を高所に明日香村　松崎鉄之介『鉄線』
悼むとは無患子の実を拾ふこと　山本洋子『渚にて』
②新松子父を恋ふ日としたりけり　石田波郷『病雁』
ひとの嬰をふはりと抱きぬ新松子　嶋田麻紀『夢重力』
③音にして夜風のこぼす零余子かな　飯田蛇笏『霊芝』
愉しきかな零余子の衆愚犇くは　飯田龍太『今昔』
④金亀子擲《なげう》つ闇の深さかな　高浜虚子『虚子全集』
モナリザに仮死いつまでも黄金虫　西東三鬼『今日』
⑤塗盆に茶屋の女房の郁子をのせ　高浜虚子『虚子全集』
中京や忍び返しに郁子熟れて　金久美智子『爽旦』

第3週

【問1】次の俳句の□□に正しい文字を入れて下さい。

① □□に日の当りたる枯野かな　高浜虚子

② 芋の露□□影を正しうす　飯田蛇笏

［ヒント］　①②ともに、遥かに聳える山脈を眺めて作った、虚子と蛇笏の代表句です。

①は、眼前に枯野が広がっている蕭条たる場所にいて、その枯野の上に聳える山脈を眺めていると、そこに冬の太陽の日射しが落ちていたという句。②は、蛇笏の住んでいた甲州盆地を囲む朝の山々。その山々は姿勢を正して佇立していた。里芋の葉の上に朝露がころころと回っていた。なお、芋の葉の露に山脈が映っていたという解釈もある。

［解答と解説］

①**遠山**　句集『五百句』（昭和十二年）所収。明治三十三年作。

②**連山**　句集『山廬集』（昭和七年）所収。大正三年作。

高浜虚子《たかはまきよし》（一八七四～一九五九）は、松山市生まれ。本名清。正岡子規に兄事。松山で柳原極堂が創刊した「ホトトギス」を東京で発行し、長らく俳壇に君臨した。昭和二十九年文化勲章受章。句集『五百句』『六百五十句』など。俳論書も多数。

代表句　桐一葉日当りながら落ちにけり

　　　　鎌倉を驚かしたる余寒あり

飯田蛇笏《いいだだこつ》（一八八五～一九六二）は、山梨県境川村（現笛吹市）生まれ。虚子の俳壇復帰とともに「ホトトギス」に投句。大正六年、俳誌「キララ」を「雲母」と改称、主宰。句集に『山廬集』『雪峡』など。飯田龍太は蛇笏の四男。

代表句　なきがらや秋風かよふ鼻の穴

　　　　くろがねの秋の風鈴鳴りにけり

【問2】次の俳句の作者名を（　　）の中に入れて下さい。

① たてとほす男嫌ひの単帯　（　　　）

② 白露や死んでゆく日も帯締めて　（　　　）

③ 夏帯や一途といふは美しく　（　　　）

［ヒント］　三句とも「帯」を詠んだ和服の似合う女性俳人の句です。①は、「男嫌ひ」と表現されていますが、本当に男嫌いだったのでしょうか。また嫌っていた男とは、ご主人だったのか、それとも俳句の師匠だったのでしょうか。②は、「死んでゆく日も帯締めて」とあるだけに、常時和服で過ごした女性なのでしょう。作者は、中村汀女、星野立子、橋本多佳子とともに4Tと称されました。③は、銀座で「卯波」という小料理店を経営していました。不倫の恋の句を多く作って人気がありました。

［解答と解説］

①**杉田久女**《すぎたひさじょ》　句集『杉田久女句集』（昭和二十七年）所収

②**三橋鷹女**《みつはしたかじょ》　句集『白骨』（昭和二十七年）所収

③**鈴木真砂女**《すずきまさじょ》　句集『夏帯』（昭和四十四年）所収

杉田久女（一八九〇〜一九四六）は、鹿児島市生まれ。高浜虚子に師事。昭和七年、女流だけの俳誌「花衣」を創刊するが、五号で廃刊。昭和十一年「ホトトギス」同人を削除される。死後『杉田久女句集』が刊行された。

代表句　谺して山ほととぎすほしいまゝ

三橋鷹女（一八九九〜一九七二）は、千葉県成田生まれ。「鹿火屋」「鶏頭陣」「紺」などで俳句を学び、奔放自在な新風を開いた。句集に『向日葵』『白骨』など。

代表句　鞦韆は漕ぐべし愛は奪ふべし

鈴木真砂女（一九〇六〜二〇〇三）は、千葉県鴨川生まれ。久保田万太郎の創刊した「春燈」に所属。句集に『夕螢』（俳人協会賞）、『紫木蓮』（蛇笏賞）など。

代表句　羅《うすもの》や人悲しますこ恋をして

【問3】次の俳句には文語文法上の間違いまたは歴史的仮名遣い等の間違いがあります。間違い箇所を指摘し、正しい表記に改めて下さい。

① 月光を浴びもみづれる桜山 （誤） （正）

② 夕暮れの刈田の風のおさまらず （誤） （正）

［ヒント］

①は、上二段活用動詞の已然形に関する問題。
「もみづれる」という言葉の正体は。

②は、簡単な仮名遣いの問題。
「お」か「を」か。漢字で「収まらず」と書けば問題はないのですが、仮名にするときには細心の注意を払いましょう。

［解答と解説］

①「もみづれる」が誤り。「紅葉づ」「黄葉づ」は上二段活用動詞。（奈良時代には清音で四段活用。平安時代以後、濁音化し、上二段活用に転じた）

「紅葉づ」の活用は左の通り。

動詞	語幹	未然形	連用形	終止形	連体形	已然形	命令形
紅葉づ	もみ	ぢ	ぢ	づ	づる	づれ	ぢよ

「もみづれる」は、何となく已然形「もみづれ」に完了の助動詞「り」の連体形「る」が付いた形に見えるが、上二段活用動詞の已然形には、完了の助動詞「り」は付かないのである。どうしてもというなら、「もみづ」の連体形「もみづる」を活かして、《月光を浴びてもみづる桜山》といった形に直してはどうか。

②「おさまらず」が間違い。「をさまらず」が正しい。

【問４】次の漢字の読みを歴史的仮名遣いで□の中に入れて下さい。

□□□ ①**鮑**

□□□□ ②**海鼠腸**

□□ ③**海鞘**

□□ ④**海胆**

□□□□ ⑤**竜胆**

［ヒント］①から④は海の動物で食用になり、⑤は秋の野草で、いずれも季語。

①鮑　ミミガイ科の巻貝のうち大形の種類の総称。日本各地の岩礁にすむ。貝殻は釦や螺鈿の材料。肉は食用。美味。（季・夏）

②海鼠腸　ナマコの腸あるいはその塩辛。寒中に製したものがよいとされる。（季・冬）

③海鞘　海鞘目の尾索（びさく）類の総称。海産、固着性で、単独または群体をつくる。被嚢を剝ぎとり、筋肉、内臓を酢の物にして食べる。（季・夏）

④海胆　棘皮動物。球形または円盤状で殻は長い棘におおわれ、栗のいがに似る。その卵巣が食用となり（雲丹）、美味。（季・春）

⑤竜胆　秋、紫色鐘形の花を開き、蒴果を結ぶ。根は漢方生薬に利用。（季・秋）

［解答］

①あはび　②このわた　③ほや　④うに　⑤りんだう

［例句］

① 岩礁のながれもす鮑取　飯田蛇笏『山響集』
鮑海女天に蹠をそろへたる　橋本鶏二『山旅波旅』

② このわたを立つて啜れる向うむき　飴山實『辛酉小雪』
海鼠腸や夕日溶けゆく壇ノ浦　戸恒東人『過客』

③ 海鞘噛んで牧に畑に雨が降る　飯田龍太『涼夜』
海鞘割けばみちのくの海茫々と　長谷川秋人『波止の鯨』

④ 海胆割つてゐる銀《ぎん》鼠《ねず》の雨の中　友岡子郷『葉風夕風』
海胆割つて潮の真青にすすぎ喰ふ　岸原清行『草笛』

⑤ 好晴や壺に開いて濃竜胆　杉田久女『杉田久女句集』
竜胆や巌頭のぞく剣岳　水原秋櫻子『蓬壺』

第4週

【問1】次の俳句の□□に正しい文字を入れて下さい。

① 外にも出よ触るるばかりに□□□　中村　汀女

② 紺絣□□重く出でしかな　飯田　龍太

［ヒント］

①は、春の夜空に浮かんでいる□□□を子供たちに見せようと思って「外に出てみなさい。いま、触れることが出来そうに上がってゆきますよ」と声を掛けているのである。

②は、周囲を山に囲まれた甲州。春の夜道を歩いていてふと空を見上げると、まさに□□が山陰から大きく浮かび上がってくるところであったという句、少年の頃の思い出の一句。

［解答と解説］

①春の月　句集『花影』（昭和二十三年）所収。昭和二十一年作。

②春月　句集『百戸の谿』（昭和二十九年）所収。昭和二十六年作。

中村汀女《なかむらていじょ》（一九〇〇～一九八八）は、熊本市画図町《えず》生まれ。本名破魔子。「ホトトギス」に投句、虚子の賞揚を受け句境を高めた。昭和二十二年「風花」創刊・主宰。文化功労者、日本芸術院賞受賞。句集に『春雪』『汀女句集』『紅白梅』など。

代表句　あはれ子の夜寒の床の引けば寄る

咳の子のなぞなぞあそびきりもなや

飯田龍太《いいだりゅうた》（一九二〇～二〇〇七）は、山梨県境川村（現笛吹市）小黒坂生まれ。飯田蛇笏の四男。昭和三十七年（一九六二年）蛇笏の死去により「雲母」主宰を継承。日本芸術院会員。句集に『忘音』（読売文学賞受賞）『山の木』『遅速』など。

代表句　大寒の一戸もかくれなき故郷

一月の川一月の谷の中

【問2】次の俳句の作者名を（　　）の中に入れて下さい。

① 花の雲鐘は上野か浅草か　（　　）

② 鐘ひとつ売れぬ日はなし江戸の春　（　　）

③ 柿食へば鐘が鳴るなり法隆寺　（　　）

［ヒント］　三句とも「鐘（梵鐘）」を詠んだ句です。

①は、花曇りの日に聞こえて来た鐘の音は上野寛永寺のものか、浅草浅草寺のものか。作者は隅田川べり深川の小庵にいる。貞享四年（一六八七年）の作。②は、なかなか売れない寺の梵鐘なども、江戸ではその釣鐘さえも一つも売れないことはないと江戸の繁盛を讃えている。江戸っ子の俳諧師の作。③の句は、法隆寺の鏡池の傍らに句碑がある。日清戦争に記者として遼東半島に赴いたが喀血し、松山から帰京する途次に奈良に寄って作った。

［解答と解説］

①**松尾芭蕉**《まつおばしょう》　『続虚栗《みなしぐり》』（其角編・貞享四年刊）所収
②**榎本其角**《えのもときかく》　歳旦帖『宝晋斎引付』（其角編・元禄十一年刊か）所収
③**正岡子規**《まさおかしき》　句集『子規句集』（高浜虚子選・昭和十六年）所収。明治二十八年の作。

松尾芭蕉（一六四四〜一六九四）は、伊賀上野生まれ。藤堂新七郎家の嗣子良忠（俳号蟬吟）に仕え、共に北村季吟に師事して俳諧の道に入る。延宝六年（一六七八年）江戸で宗匠立机。のち深川に移住して蕉風を確立した。『猿蓑』『奥の細道』など。俳聖。

代表句　古 池 や 蛙 飛 び 込 む 水 の 音

榎本其角（一六六一〜一七〇七）は、江戸堀江町生まれ。蕉門の十哲のひとり。享楽的で新奇な洒落風俳諧を発展させ、江戸座俳諧の祖となった。『虚栗』編。

代表句　越 後 屋 に 衣《きぬ》 さ く 音 や 更 衣

正岡子規（一八六七〜一九〇二）は、松山市生まれ。俳句・短歌・新体詩・小説・評論・随筆など多方面にわたり創作活動を行い、わが国の近代文学に多大な影響を与えた。

代表句　糸 瓜 咲 て 痰 の つ ま り し 仏 か な

【問3】次の俳句には文語文法上の間違いまたは歴史的仮名遣い等の間違いがあります。間違い箇所を指摘し、正しい表記に改めて下さい。

① **煮凝りて閉ぢ込められし魚眼かな**　（誤）　（正）

② **老ひらくの恋のうはさや河豚雑炊**　（誤）　（正）

［ヒント］

①は、名詞の動詞化に関する問題。「煮凝る」という動詞はあるか。

②は、「老い」か「老ひ」か。ヤ行上二段活用動詞は、「老ゆ」「悔ゆ」「報ゆ」の三つしかありません。暗記してしまいましょう。

［解答と解説］

①**「煮凝りて」が間違い。**「煮凝」は名詞であり、「煮凝る」という動詞はない。名詞に「る」を付けて名詞の動詞化が行われている。昔流行った言葉に「江川る」というのがあったがそれと同じ発想。「煮凝に」としてはどうか。

②**「老ひらく」が誤り。正しくは「老いらく」。**「老いらく」は、「オユのク語法オユラクの転」（広辞苑）。（注）「ク語法」とは、活用語の連体形に「アク」を加えて名詞化する語法で、「言はく」「恐らく」「老いらく」「思わく」など数例が残存している。

ヤ行上二段活用動詞「老ゆ」の活用は左の通り。「悔ゆ」「報ゆ」も同様。

動詞	語幹	未然形	連用形	終止形	連体形	已然形	命令形
老ゆ	お	い	い	ゆ	ゆる	ゆれ	いよ

【問４】次の漢字の読みを歴史的仮名遣いで□の中に入れて下さい。

①　燕　□□□□□

②　海猫　□□

③　呼子鳥　□□□□□

④　信天翁　□□□□□

⑤　鴉　□□□

［ヒント］　いずれも鳥の名前。④と⑤は季語ではない。

①燕　三音では「つばめ」、四音では「つばくろ・つばくら」、五音のときはどうよむか。（季・春）

②海猫　四音では「うみねこ」、さて二音では。（季・夏）

③呼子鳥　古今伝授三鳥の一つ。古来所説があって何をさすのか判然としない。その中でも「筒鳥」が有力。そのほか「郭公」「時鳥」「鶯」「鵺」などの説がある。（季・夏）

④信天翁　ミズナギドリ目信天翁科の海鳥。羽毛利用のため大量捕獲され全滅に瀕したが、鳥島・尖閣列島に残存することが確認され、特別天然記念物・国際保護鳥に指定された。アルバトロス。無季

⑤鴉　「烏」とも書く。無季

［解答］

①つばくらめ　②ごめ　③よぶこどり　④あはうどり　⑤からす

［例句］

① 床ずれや天に寝返るつばくらめ　秋元不死男『甘露集』

つばくらめ斯くまで竝ぶことのあり　中村草田男『長子』

② 夜は海猫の白き頭のみよ島の灯に　加藤憲曠『鮫角燈台』

海猫万羽禊のごとく声降らす　藤木倶子『星辰』

③ むつかしや猿にしておけよぶこ鳥　榎本其角『五元集脱漏』

役なしの我を何とて呼子鳥　小林一茶『九番日記』

④ 日にいちど入る日は沈み信天翁　三橋敏雄『眞神』

老母《はは》訪へば盥に在りき信天翁　安井浩司『句篇』

⑤ 春祭鴉も鳶も山寄りに　藤田湘子『狩人』

雪嶺へはぐれ鴉の真一文字　土生重次『歴巡』

第5週

【問1】次の俳句の□□に正しい文字を入れて下さい。

① みちのくの□□の郡の春田かな　富安　風生

② みちのくの雪深ければ□□□　山口　青邨

［ヒント］「みちのく」の句です。

①は、芭蕉が旅をしたみちのくの春。見渡す限り春田が広がっている。そして今自分のいる場所は、仙台藩主の名前と同じ□□郡であることよ。

②は、寒さ厳しい奥州の冬。雪があまりに深いので、ひょっとして雪女が出てくるかもしれないよ。

［解答と解説］

①**伊達**　句集『草の花』（昭和八年）所収

②**雪女郎**　句集『雑草園』（昭和九年）所収

富安風生《とみやすふうせい》（一八八五〜一九七九）は、愛知県金沢村生まれ。逓信次官。逓信省内の俳句雑誌「若葉」の選者となりのち主宰誌とする。虚子は第一句集『草の花』の序文で風生の俳句を「中正・温雅、穏健・妥当な叙法」と評した。日本芸術院会員。

代表句　まさをなる空よりしだれざくらかな

赤富士に露滂沱たる四辺かな

山口青邨《やまぐちせいそん》（一八九二〜一九八八）は、盛岡市生まれ。高浜虚子に師事。昭和三年、「ホトトギス」の「4S」を提唱。昭和五年俳誌「夏草」創刊・主宰。東京大学工学部教授。句集に『雑草園』『雪国』『花宰相』など。

代表句　祖母山も傾山も夕立かな

たんぽゝや長江濁るとこしなへ

【問2】 次の俳句の作者名を（　　）の中に入れて下さい。

① 玫瑰や今も沖には未来あり　（　　　）

② 火を焚くや枯野の沖を誰か過ぐ　（　　　）

③ 愛されずして沖遠く泳ぐなり　（　　　）

［ヒント］ 三句とも「沖」を詠んだ句です。

①は、玫瑰《はまなす》の咲いている浜辺に佇んで、沖を見つめている。作者の未来に対する明るい希望が窺える。俳誌「萬緑」を創刊・主宰した。②は、焚火のかすかな炎が上がっている蕭条たる枯野。その枯野の沖のような遠いところを誰かが歩いている。「焚火」と「枯野」と季語が二つある。俳誌「沖」を創刊・主宰した作者。③は、沖遠く泳ぐ作者。人に愛されない性格なのだろうかと自問自答しながら泳ぐ。俳誌「鷹」を創刊・主宰。

［解答と解説］

①**中村草田男《なかむらくさたお》**　句集『長子《ちょうし》』（昭和十一年）所収
②**能村登四郎《のむらとしろう》**　句集『枯野の沖』（昭和三十一年）所収
③**藤田湘子《ふじたしょうし》**　句集『途上』（昭和三十年）所収

中村草田男（一九〇一～一九八三）は、厦門《アモイ》領事館生まれ。父は松山出身。「ホトトギス」に投句。人間探求派と呼ばれた。昭和二十一年「萬緑」創刊・主宰。俳人協会会長。句集に『長子』『火の島』『萬緑』など。思想性・社会性・宗教性をもつ俳人と称される。

代表句　万緑の中や吾子の歯生え初むる

能村登四郎（一九一一～二〇〇一）は、東京谷中生まれ。「馬酔木」に投句し、水原秋櫻子に師事。昭和四十五年「沖」創刊・主宰。蛇笏賞受賞。

代表句　春ひとり槍投げて槍に歩み寄る

藤田湘子（一九二六～二〇〇五）は、小田原生まれ。昭和三十九年「鷹」創刊。「馬酔木」編集長（のち辞任）。

代表句　遠足の列大仏へ大仏へ

【問３】次の俳句には文語文法上の間違いまたは歴史的仮名遣い等の間違いがあります。間違い箇所を指摘し、正しい表記に改めて下さい。

①　着ぶくれて先の短かくなる齢　（誤）　（正）

②　枯蟷螂何か聞こえて身構へり　（誤）　（正）

［ヒント］

①は、送り仮名が正しいか否かの問題。
ひらがなで書けば問題はないのですが。送り仮名が一文字多いのです。

②は、助動詞「り」の接続に関する問題。
ハ行下二段活用動詞「身構ふ」に、助動詞「り」が付けられるかどうか。すでに同様の問題が出ています。

［解答と解説］

①**「短かくなる」が間違い。正しくは「短くなる」**。ク活用形容詞「短し」の語幹は「みじか」であるので、「か」は送らない。よく見かける誤り。「か」を送ると「短」は「みじ」となるので変ですね。

②**「身構へり」が誤り**。助動詞「り」は、四段活用・サ行変格活用動詞のみに付くので、下二段活用動詞「身構ふ」には「り」は付かない。従って、「身構へぬ」と助動詞「ぬ」を用いるか、助詞「て」を連用形に接続させて**「身構へて」**とする。あるいは字余りを承知で、**「身構へたり」**とか**「身構へをり」**とする。

ハ行下二段活用動詞「身構ふ」の活用は左の通り。

動詞	語幹	未然形	連用形	終止形	連体形	已然形	命令形
身構ふ	みがま	へ	へ	ふ	ふる	ふれ	へよ

【問４】次の漢字の読みを歴史的仮名遣いで□の中に入れて下さい。

□□□□□
①紫　荊

□□□□□
②満天星の花

□□□□□
③金縷梅

□□
④独活

□□□□□
⑤連翹

［ヒント］　いずれも樹木の名前で春の季語。

①紫荊　「花蘇芳」とも書く。マメ科の落葉低木。四月頃、葉に先立って紅紫色（蘇芳色）の蝶形花を枝や幹に直接密生させ、花後、長楕円形の莢を結ぶ。（季・春）

②満天星　ツツジ科の落葉低木。春、若葉とともに、壺状で帯黄白色の花を多数下垂。紅葉が美しい。（季・春）

③金縷梅　「満作」とも書く。早春、黄色・線形の四弁花を開き、楕円形の蒴果を結ぶ。花季が早いので茶花として珍重される。（季・春）

④独活　ウコギ科の多年草。軟白栽培の若芽は食用とし柔らかく芳香がある。（季・春）

⑤連翹　モクセイ科の落葉低木。早春、鮮黄色・四弁の筒状花を開く。（季・春）

［解答］

①はなずはう　②どうだん　③まんさく　④うど　⑤れんげう

［例句］

① 紫荊枝の元末余すなく　西山　泊雲『ホトトギス雑詠選集』

風の日や煤ふりおとす花蘇芳　瀧井　孝作『浮寝鳥』

② 触れてみしどうだんの花かたきかな　星野　立子『ホトトギス雑詠選集』

我に聞こえて満天星の花の鈴　大井戸　辿『日過』

③ まんさくに水激しくて村静か　飯田　龍太『忘音』

まんさくの花びら縒を解きたる　仁尾　正文『山泉』

④ 雲間より薄紫の芽独活かな　松尾　芭蕉『翁草』

昼ながらこの真暗闇独活育つ　森田　峠『葛の崖』

⑤ 連翹に一閑張の机かな　正岡　子規『子規句集』

連翹や文士の墓に文庫本　小室　美穂『そらみみ』

第6週

【問1】次の俳句の□□に正しい文字を入れて下さい。

① □□の芽のとびとびのひとならび　高野素十

② □□の花三三が九三三が九　稲畑汀子

［ヒント］　俳誌「ホトトギス」の重鎮の俳句です。

①は、客観写生の句として虚子の賞賛を得た句。□□とは、マメ科の多年草、根は赤褐色で、甘根《あまね》・甘草《あまくさ》と呼ばれる。夏に橙赤色の花を一日だけ咲かせる萱草《くわんざう》ではない。

②は、枝が三つに分かれるジンチョウゲ科の落葉低木。九九で、三三が九、三三が九と唱えるように枝分かれがしていると詠んだもの。樹皮は和紙の原料となる。

［解答と解説］

①甘草《かんざう》　句集『初鴉』（昭和二十二年）所収。昭和四年の作。

②三椏《みつまた》　「ホトトギス」（平成三年二月号）所収

高野素十《たかのすじゆう》（一八九三～一九七六）は、茨城県山王村（現藤代市）生まれ。俳句は、東大医学部時代、虚子に師事。「ホトトギス」の「4S」のひとり。昭和三十二年句誌「芹」創刊・主宰。句集に『初鴉』『雪片』『野花集』などがある。

代表句　方丈の大庇より春の蝶

　　　　づか〳〵と来て踊子にさゝやける

稲畑汀子《いなはたていこ》（一九三一～）は、神奈川県生まれ。祖父高浜虚子、父年尾、叔母星野立子に師事。昭和五十四年「ホトトギス」主宰。昭和六十二年日本伝統俳句協会を設立、会長に就任。

代表句　一枚の障子明りに伎芸天

　　　　初蝶を追ふまなざしに加はりぬ

【問2】次の俳句の作者名を（　　）の中に入れて下さい。

① **愁ひつゝ岡にのぼれば花いばら**　（　　　）

② **春風や闘志いだきて丘に立つ**　（　　　）

③ **頂上や殊に野菊の吹かれ居り**　（　　　）

［ヒント］　三句とも「岡・丘」と「頂き」を詠んだ句です。
①は、どこか現代詩のような趣のある句ですが、江戸時代中期の著名俳人の作です。花茨（野ばらの花）は江戸時代でも普通に咲いていたのでしょうね。②は、闘志を抱いて丘に登ったのですから、新しい挑戦をしようと誓ったのです。その結果「ホトトギス」全盛時代を一代で築きました。③は、深吉野の次兄の診療所を手伝っていたときに作った句です。大正十年に俳誌「鹿火屋」（かびや）を創刊・主宰。「頂上」とは鳥《と》見《みの》霊《れい》畤《じ》のこと。

[解答と解説]

①与謝蕪村《よさぶそん》　『蕪村句集』（天明四年刊）所収。安永三年ごろの作。

②高浜虚子《たかはまきよし》　句集『五百句』（昭和十二年）所収。大正二年作。

③原《はら》　石鼎《せきてい》　句集『花影《かえい》』（昭和十二年）所収

与謝蕪村（一七一六～一七八三）は、摂津国毛馬村生まれ。二十七歳のとき、関東・東北を歴巡して俳句を修行。四十五歳で結婚。晩年を京都で過ごした。墓所は京都市左京区一乗寺の金福寺。俳文集に『新花摘』など。

代表句　鳥羽殿へ五六騎いそぐ野分かな

高浜虚子（一八七四～一九五九）は、松山市生まれ。「ホトトギス」主宰。昭和二十九年文化勲章受章。

代表句　鎌倉を驚かしたる余寒あり

原　石鼎（一八八六～一九五一）は、島根県塩冶村（現出雲市）生まれ。吉野隠栖時代に俳句開眼。大正十年「鹿火屋」主宰。生前の句集に『花影』『石鼎句集』など。

代表句　秋風や模様のちがふ皿二つ

【問3】次の俳句には文語文法上の間違いまたは歴史的仮名遣い等の間違いがあります。間違い箇所を指摘し、正しい表記に改めて下さい。

① **蒲公英や生くるに笑顔忘れまじ**　（誤）　（正）

② **木犀のかをり天より湧くるなり**　（誤）　（正）

［ヒント］

①は、助動詞「まじ」は、動詞の活用形のどれに接続するかの問題。辞書や文語文法書で調べればなんということもないのですが、ついうっかりしたのでしょう。

②は、動詞「湧く」の活用の問題。つい見逃してしまいそう。

［解答と解説］

①**「忘れまじ」が間違い。**助動詞「まじ」は、ラ変以外の動詞型活用語の終止形に、ラ変型の連体形に付く。ところで「忘る」は、下二段活用動詞であるので、「まじ」は終止形「忘る」に付く。**正解は「忘るまじ」**。

②**「湧くる」が誤り。**まずはじめに、「湧く」は四段活用なので、「湧くる」という活用はない。次に助動詞「なり」は、動詞の終止形に（ラ変型では連体形に）付く。正しくは**「湧くなり」**だが、字足らずなので、これを五音にしようとすれば、**「湧きにけり」**とするか、「なり」に拘るのならば**「湧けるなり」**とする。後者は「湧く」の已然形「湧け」＋助動詞「り」の連体形「る」＋「なり」の形である。

念のため四段動詞「湧く」の活用は左の通り。

動詞	語幹	未然形	連用形	終止形	連体形	已然形	命令形
湧く	わ	か	き	く	く	け	け

【問４】次の漢字の読みを歴史的仮名遣いで□の中に入れて下さい。

□□□□ ①潮騒　②紫陽花 □□□□　③地震 □□　④馬追 □□□□　⑤芝居 □□□

［ヒント］末尾が「い」か「ひ」か「ゐ」かの問題です。

①潮騒　潮のさしてくる時、波が音を立てること。また、その響き。無季

②紫陽花　ユキノシタ科の観賞用落葉低木。花の色は青から紫へ変化するところから、「七変化」（しちへんげ）ともいう。四葩（よひら）。（季・夏）

③地震　三音では「ぢしん」であるが、二音でどう読むか。無季

④馬追　バッタ目馬追科の昆虫の総称。鳴く声は「スイッチョ」と聞こえる。（季・秋）

⑤芝居　勧進の猿楽・曲舞（くせまひ）田楽などで、桟敷席と舞台との間の芝生に設けた庶民の見物席。また、興行物、特に演劇の称。「芝居」だけでは無季。「地芝居」（季・秋）。

［解答］

①しほさゐ　②あぢさゐ　③なゐ　④うまおひ　⑤しばゐ

［例句］

①春暁や潮騒のごと電車すぐ　鈴木真砂女『卯波』

潮騒のとどく青田や左千夫の忌　戸恒東人『福耳』

②紫陽花に秋冷いたる信濃かな　杉田久女『杉田久女句集』

紫陽花や水辺の夕餉早きかな　水原秋櫻子『蘆刈』

③なゐふるや寒ゆるみけるものの影　臼田亞浪『定本亞浪句集』

穂芒や地震に裂けたる山の腹　寺田寅彦『寺田寅彦全集』

④馬追や海より来たる夜の雨　内藤吐天『落葉松』

馬追ひが闇抜けて来し羽たたむ　廣瀬直人『朝の川』

⑤地芝居のお軽に用や楽屋口　富安風生『草の花』

地芝居に提灯を持つだけの役　宇多喜代子『夏月集』

第7週

【問1】次の俳句の□□に正しい文字を入れて下さい。

① **永き日の□□□□柵を越えにけり**　芝　不器男

② **□□の眸のかうかうとして売られけり**　加藤　楸邨

［ヒント］　身近にいる鳥の句です。

①は、農家の広い庭に飼われている家禽を眺めていると、彼は柵を堂々と越えてどこかに行ってしまった。そのうちに戻ってくるだろう。

②「かうかうとして」という表現に凄さが感じられる。生きている□□かそれとも殺された□□か。いずれにしても□□の眼の鋭いことであるという句。

［解答と解説］

①にはとり　句集『底本芝不器男句集』（昭和四十五年）所収

②雉子　句集『野哭』（昭和二十三年）所収

芝不器男《しばふきお》（一九〇三〜一九三〇）は、愛媛県明治村《あけはる》（現松野町）松丸生まれ。仙台より帰郷後俳句に専心。「天の川」「ホトトギス」に投句。二十六歳で夭折。彗星のように駆け抜けた天才俳人。万葉語を用い幽艶な詩情を醸し出した。

代表句　あなたなる夜雨の葛のあなたかな

白藤や揺りやみしかばうすみどり

加藤楸邨《かとうしゅうそん》（一九〇五〜一九九三）は、東京都北千束生まれ。はじめ「馬酔木」に投句。石田波郷、中村草田男とともに人間探求派と呼ばれる。昭和十五年俳誌「寒雷」を創刊・主宰。句集に『寒雷』『まぼろしの鹿』（蛇笏賞）。日本芸術院会員。

代表句　寒雷やびりりびりりと真夜の玻璃

隠岐やいま木の芽をかこむ怒濤かな

【問2】次の俳句の作者名を（　　　）の中に入れて下さい。

① しんしんと肺碧きまで海のたび　（　　　）

② ちるさくら海あをければ海へちる　（　　　）

③ 戦争が廊下の奥に立つてゐた　（　　　）

［ヒント］　三句ともいわゆる新興俳句です。また①と③は無季俳句。①は、「肺碧きまで」という感覚はわかる。船旅で甲板に立って海を眺め、真っ青な空気を吸っている若い作者。鹿児島で教師を務め三十歳で夭折。②は、有季定型の句です。この作者は新興俳句の道を歩み、またしばしば中断を繰り返しました。花鳥諷詠から離れた詩的な句です。③の作者は、三省堂に勤務しているときに、新興俳句弾圧に巻き込まれて検挙された。諷刺と批評性をもつ俳詩人と評される。

［解答と解説］

①**篠原鳳作**《しのはらほうさく》　句集『篠原鳳作集』（昭和三十二年）所収
②**高屋窓秋**《たかやそうしゅう》　句集『白い夏野』（昭和十一年）所収
③**渡辺白泉**《わたなべはくせん》　句集『白泉句集』（昭和五十年）所収

篠原鳳作（一九〇五～一九三六）は、鹿児島市生まれ。宮古中、鹿児島二中の教師。昭和八年俳誌「傘火」を創刊。無季俳句を主導。

代表句　太陽に襁褓《むつき》かゝげて我家とす

高屋窓秋（一九一〇～一九九九）は、名古屋市中区生まれ。はじめ水原秋櫻子に師事。戦時中は満州に在住。句集に『白い夏野』『河』『石の門』。

代表句　頭の中で白い夏野となつてゐる

渡辺白泉（一九一三～一九六九）は、東京赤坂生まれ。はじめ「馬酔木」に参加。のち「京大俳句」「天香」に加わり新興俳句弾圧を受けた。句集に『白泉句集』など。

代表句　玉音を理解せし者前に出よ（函館黒潮部隊分遣隊）

【問３】次の俳句には文語文法上の間違いまたは歴史的仮名遣い等の間違いがあります。間違い箇所を指摘し、正しい表記に改めて下さい。

① 風呂吹や湯気のむこふに近江富士　（誤）　（正）

② 遺影ほほえみし錯覚寒の入り　（誤）　（正）

［ヒント］

①口語の「向こう」は、「むかう」か「むかふ」か、それとも「むこふ」か。この区別も辞書で調べれば分かりますが、難解です。

②は、「微笑み」は平仮名でどう表記するか。「ほほえみ」で正しいか。

［解答と解説］

①**「むこふ」が誤り。正解は「むかう」または「むかふ」。**辞書によると「むかひ」のウ音便、一説に「むかふ」の転とあります（『新潮国語辞典』）。

なお、「湯気の向かうに」という俳句のフレーズはたくさんありますので要注意。

②**「ほほえみし」が誤り。正解は「ほほゑみし」。**「微笑む」（四段活用動詞）は「ほほゑむ」。

念のため四段動詞「頬笑む」の活用は左の通り。

動詞	語幹	未然形	連用形	終止形	連体形	已然形	命令形
頬笑む	ほほゑ	ま	み	む	む	め	め

【問4】次の漢字の読みを歴史的仮名遣いで□の中に入れて下さい。

□□□□ ①苧環の花　□□□□ ②羊蹄　□□□□ ③虎杖　□□□□ ④蛞蝓　□□□□ ⑤玫瑰

［ヒント］

①苧環　キンポウゲ科の観賞用多年草。四～五月ごろ枝頭に碧紫色または白色の５弁花を開く。花弁の下端は突起を出す。萼片も花弁状。いとくり。(季・春)

②羊蹄　タデ科の大形多年草。五月ごろ茎頂と葉腋に花穂を出し、節ごとに淡緑色の小花が層をなしてつく。酸葉（すいば）に似ているが別種。(季・春) 花は(季・夏)。

③虎杖　タデ科の多年草。都会地の路傍から高山まで、いたるところに生え、根茎は長く這う。夏、淡紅色または白色の花穂をつける。さいたづま。(季・春)

④蛞蝓　陸生の巻貝。貝殻は全く退化。塩をかけると体内の水分が出て縮む。(季・夏)

④玫瑰　夏、紅色のバラに似た芳香ある美花を開き、果実は紅熟する。浜茄子。(季・夏)

［解答］

①をだまき　②ぎしぎし　③いたどり　④なめくぢ　⑤はまなす

［例句］

① をだまきやどの子も誰も子を負ひて　橋本多佳子『信濃』

をだまきの花をみやげに有馬筆　森　澄雄『空艪』

② 羊蹄に石摺り上る湖舟かな　杉田久女『杉田久女句集』

羊蹄花の吹かるるばかり石舞台　張替総史『野火』

③ 苅籠やわけて虎杖いさぎよし　飯田蛇笏『山廬集』

にはとりの血は虎杖に飛びしまま　中原道夫『不覚』

④ 蛞蝓急ぎ出てゆく人ばかり　石田波郷『風切』

顔ざぼと洗ふ蛞蝓見てしまひ　原田紫野『海煌』

⑤ 玫瑰に言葉寄せ合ふ砂の道　古舘曹人『海峡』

玫瑰は人待つ花よ風岬　渡辺恭子『涼しさだけを』

第8週

【問1】次の俳句の□□に正しい文字を入れて下さい。

① 足袋つぐやノラともならず□□妻　杉田　久女

② 寒晴やあはれ□□の背の高き　飯島　晴子

［ヒント］　ある職業を読んだ女性の俳句です。

①「ノラ」は、イプセンの戯曲『人形の家』の主人公で、弁護士ヘルメルの妻。女性の自立を問うたもの。作者は「ノラ」の生き方に憧れつつも、夫の足袋をついでいる。

②京都祇園の町を闊歩する□□さん。お座敷に行く子を見たらかなり背の高い□□が目についた。□□は小柄でぽっちゃりした方が好かれるのではないかと気になった。

［解答と解説］

①教師　句集『杉田久女句集』（昭和二十七年）所収

②舞妓　句集『寒晴』（平成二年）所収

杉田久女《すぎたひさじょ》（一八九〇〜一九四六）は、鹿児島市生まれ。小倉中学教師杉田宇内と結婚。大正六年「ホトトギス」雑詠初掲載。昭和十一年「ホトトギス」同人を削除される。昭和二十一年太宰府の筑紫保養院で没。

代表句　花衣ぬぐやまつはる紐いろ〳〵

風に落つ楊貴妃桜房のまゝ

飯島晴子《いいじまはるこ》（一九二一〜二〇〇〇）は、京都府城陽市生まれ。はじめ「馬酔木」に投句。昭和三十九年「鷹」創刊同人。句集に『蕨手』『寒晴』『儚々』（蛇笏賞）、評論集に『葦の中で』『俳句発見』がある。

代表句　天網は冬の菫の匂かな

蛍の夜老い放題に老いんとす

【問2】次の俳句の作者名を（　　）の中に入れて下さい。

①　**をりとりてはらりとおもきすゝきかな**　（　　　）

②　**へろへろとワンタンすするクリスマス**　（　　　）

③　**さきみちてさくらあをざめゐたるかな**　（　　　）

［ヒント］　すべて仮名書きの俳句です。

①は、芒の重さに意外な感じがしたようだ。何気なく折った芒だが、これから花を咲かせてゆくのだろう。甲府盆地で一生を送った作者。②は、オノマトペの句。「へろへろと」が極めて肉感的。このほか「ぽぽぽぽと」とか「こきこきこきと」との句がある。③は、女性の俳句。満開の桜が青ざめていると見て取ったところに類まれな才能をみる。少女時代から病気に冒され、繊細な感覚が身についた。この句は病が完治したのちの句。

［解答と解説］

①飯田蛇笏《いいだだこつ》　句集『蛇笏俳句選集』（昭和二十四年）所収

②秋元不死男《あきもとふじお》　句集『万座』（昭和四十二年）所収

③野澤節子《のざわせつこ》　句集『飛泉』（昭和四十九年）所収

飯田蛇笏（一八八五〜一九六二）は、山梨県境川村（現笛吹市）生まれ。虚子に師事。大正六年、俳誌「雲母」主宰。俳壇に隠然たる勢力を保った。

代表句　くろがねの秋の風鈴鳴りにけり

秋元不死男（一九〇一〜一九七七）は、横浜生まれ。東京三《ひがしきょうぞう》とも号した。島田青峰に師事。京大俳句事件に連座して投獄される。昭和二十四年俳誌「氷海」創刊のち主宰。

代表句　鳥わたるこきこきこきと罐切れば

野澤節子（一九二〇〜一九九五）は、横浜生まれ。昭和八年脊椎カリエス発病（昭和三十二年完治）。大野林火「濱」に投句、師事。昭和四十六年俳誌「蘭」創刊・主宰。

代表句　夏末明音のそくばく遠からぬ

【問３】次の俳句には文語文法上の間違いまたは歴史的仮名遣い等の間違いがあります。間違い箇所を指摘し、正しい表記に改めて下さい。

① 春筍のえぐみ芳し甲斐の旅　（誤）　（正）

② 浅はかな造語はやりて三鬼の忌　（誤）　（正）

［ヒント］

①「えぐい」（蘞い）とは、あくが強く、のどをいらいらと刺激する味があること。里芋や筍など、えぐいことがある。その春筍のえぐみが芳しいと感じる作者であるが、口語の「えぐみ」は歴史的仮名遣いではどう書くか。

②は、形容動詞の連体形の活用の問題。現在では、口語も文語も混同して遣っているのが現実。より正確にはどうするか。

［解答と解説］

①**「えぐみ」が誤り。正解は「ゑぐみ」。**「み」は接尾語。形容詞の語幹に付き、これを名詞化する。また「味」と当てることがあり、程度・状態を表す。（例）「甘み」「黒み」「ありがたみ」など。「ゑぐみ」も同様。

②**「浅はかな」（口語）が誤り。正確には「浅はかなる」（文語）とすべきである。**なお、②の出題句が口語体で書かれた場合には、これで問題はない。

なお、形容動詞を品詞と認めていない考えもあるが、形容動詞「浅はかなり」（ナリ活用）の活用は左の通り。

形容動詞	語幹	未然形	連用形	終止形	連体形	已然形	命令形
浅はかなり	あさはか	なら	なり に	なり	なる	なれ	（なれ）

【問4】次の漢字の読みを歴史的仮名遣いで□の中に入れて下さい。

①嬥歌 □□□

②黄雀風 □□□□□□□□□

③茅花流し □□□□□

④田螺 □□□

⑤蜷 □□

［ヒント］

①嬥歌　上代、東国（筑波山麓など）で「歌垣」のこと。一説に男女が互いに歌を「懸け合う」ことが語源という。無季

②黄雀風　陰暦五月、六月に吹く南東風。湿気を含んでいるので、気温が高くなり、蒸し暑い風となる。この風が吹くと、海の魚が変じて黄雀となるという。（季・夏）

③茅花流し　茅花の穂絮がほころびる頃に吹く南風。茅花はチガヤのこと。（季・夏）

④田螺　田螺科の淡水産巻貝の総称。水田・池沼に産し食用。（季・春）

⑤蜷　細長い巻貝。長さ3センチほど。俳句に詠まれるのは川蜷で、全国各地の水田・川・池沼に生息。川底を這い回った跡は「蜷の道」と言われる。蛍の幼虫の餌。（季・春）

［解答］
①かがひ　②くわうじやくふう　③つばななが（し）　④たにし　⑤にな

［例句］

① 嬥歌の山すつぽり隠し春の雨　戸恒　東人『白星』
峰雲や嬥歌の山の紛れなし　高山　檀『雲の峰』

② 人妻は髪に珊瑚や黄雀風　三橋　鷹女『魚の鱗』
黄雀風魚といふ魚翔つ構へ　出口　裕興『文鎮』

③ 茅花流し水満々と吉野川　松崎鉄之助『鉄線』
もう一度つばな流しに立ちたしよ　角川　照子『すばる』

④ ぬく〳〵と老いてねむれる田螺かな　原　石鼎『原石鼎全句集』
沸沸と田螺の国の静まらず　松本たかし『松本たかし句集』

⑤ 砂川の蜷に静かな日ざしかな　村上　鬼城『定本村上鬼城句集』
蜷の道はじめをはりのなかりけり　森田　公司『魚花』

第9週

【問1】次の俳句の□□に正しい文字を入れて下さい。

① 文月や□日も常の夜には似ず　松尾　芭蕉

② 秋の航一大紺□□の中　中村　草田男

［ヒント］　広い意味で旅吟に数えられます。

①は、『奥の細道』の旅での俳句。七月七日は七夕ですが、その前日の月であっても、どこか趣があって、普通の夜の月とは思えなかったという句。

②瀬戸内海航路でしょうか、それとも太平洋航路でしょうか。海原は一面紺色に広がって、その果の水平線が丸く見える。□□の中にいるようだという句。

［解答と解説］

①六（日）　『奥の細道』（元禄七年素龍清書。元禄十五年刊）所収

②円盤　句集『長子』（昭和十一年）所収

松尾芭蕉《まつおばしょう》（一六四四〜一六九四）は、伊賀上野生まれ。延宝六年（一六七八年）に江戸に出て宗匠立机。元禄二年（一六八九年）三月『奥の細道』の旅に門人曾良とともに出立。元禄七年十月十二日、大坂南御堂前の花屋の離れにて没。墓は大津の義仲寺にある。

代表句　この秋は何で年寄る雲に鳥
旅に病んで夢は枯野をかけ廻る

中村草田男《なかむらくさたお》（一九〇一〜一九八三）は、中国厦門《アモイ》生まれ。「ホトトギス」に投句。昭和二十一年俳誌「萬緑」創刊・主宰。俳人協会初代会長。石田波郷、加藤楸邨とともに人間探求派と呼ばれた。

代表句　降る雪や明治は遠くなりにけり
勇気こそ地の塩なれや梅真白

【問2】次の俳句の作者名を（　　）の中に入れて下さい。

①よろこべばしきりに落つる木の実かな（　　）

②とどまればあたりにふゆる蜻蛉かな（　　）

③顔出せば鵙迸《ほとばし》る野分かな（　　）

［ヒント］ 上五を「…ば」とし、下五を「三音の季語＋かな」とした俳句です。①は、しきりに落ちる木の実を喜んでみている作者。「よろこべば」と倒置したのが効果的。「若葉」創刊。②は、公園などに佇んでいると、自分を目掛けて蜻蛉がどんどんと増えてきたと実感したもの。「風花」創刊。③は、野分の最中、家の中から外の様子を窺うと、鵙が勢いよく飛び上がって飛んで行ったという句。人間探求派の一人。

［解答と解説］

①富安風生《とみやすふうせい》　句集『草の花』（昭和八年）所収

②中村汀女《なかむらていじょ》　句集『汀女句集』（昭和十九年）所収

③石田波郷《いしだはきょう》　句集『風切』（昭和十八年）所収

富安風生（一八八五～一九七九）は、愛知県金沢村生まれ。俳誌「若葉」主宰。日本芸術院会員。句集に『草の花』『松籟』『年の花』など。

代表句　何もかも知つてをるなり竈猫

中村汀女（一九〇〇～一九八八）は、熊本市生まれ。昭和二十二年俳誌「風花」を創刊・主宰。文化功労者。日本芸術院会員。

代表句　走り出て闇やはらかや蛍狩

石田波郷（一九一三～一九六九）は、愛媛県垣生村生まれ。師五十崎古郷と「馬酔木」入会。昭和十二年石塚友二と「鶴」創刊。人間探求派。句集に『風切』『酒中花』など。

代表句　立春の米こぼれをり葛西橋

【問3】次の俳句には文語文法上の間違いまたは歴史的仮名遣い等の間違いがあります。間違い箇所を指摘し、正しい表記に改めて下さい。

① 紫陽花の濃ゆき辺りより日暮れけり　（誤）　（正）

② いつになく山影濃かり啄木忌　（誤）　（正）

［ヒント］形容詞「濃し」の活用と接続に関する問題。

①ク活用形容詞「濃し」に「濃ゆき」という活用はあるでしょうか。ときどき俳壇の大御所の作品でもお目に掛かる表現ですが、その正体は何でしょうか。

②前にも出題しましたが、「濃かり」という「濃し」の連用形は、単独で用いることがあるのでしょうか。

〔解答と解説〕

①**「濃ゆき」が誤り。**体言「辺り」に付いていますので、一瞬連体形のように見えますが、連体形は**「濃き」**ですので、「ゆ」の一音が余計です。慣用的に使用されていますが、誤用です。**「濃き辺り」**とすればよい。

②**「濃かり」が誤り。**ク活用形容詞の連用形「濃かり」は、助動詞「けり」「き」を付けるための活用です。従って**「濃かりけり」**としなければなりません。たとえば**「濃くて」**とか**「山影の濃く」または「山影の濃し」**とします。

ク活用「濃し」の活用は左の通り。

形容詞	語幹	未然形	連用形	終止形	連体形	已然形	命令形
濃し	こ	（く） から	く かり	し	き かる	けれ	かれ

なお、未然形「から」は「ば」「ず」に、連用形「かり」は「用言」「き」に連なる。

【問4】次の漢字の読みを歴史的仮名遣いで□の中に入れて下さい。

□□□□□
①霍乱

□□□□
②蟋蟀

□□□□
③蠛蠓

□□□
④溪蓀

□□□
⑤蜻蜓

［ヒント］江戸・明治・大正・戦前の俳句の中でたまに目にする難読の季語です。

①霍乱　漢方で用いられた病名。激しく吐き、下痢もひどく、身もだえして手足をバタバタさせるほどの苦しさという。今日のコレラや食中毒、熱中症に似る症状。（季・夏）

②蟋蟀　バッタ目蟋蟀科の昆虫の総称。おもに黒褐色。後脚は長く、跳ねるのに適する。つづれさせ蟋蟀はリーリーと、閻魔蟋蟀はコロコロ、リリリと鳴く。ちちろ。（季・秋）

③蠛蠓　夏の夕べ野道を歩いていると細かい虫が顔の回りにしつこくつきまとってくる。多くはヌカガで体長は2ミリほど。めまとひ。（季・夏）

④溪蓀　菖蒲科の多年草。排水のよい草原に群生する。外花被片の基部には黄色と紫色の網目があり、虎斑と呼ばれる。（季・夏）

⑤蜻蜓　トンボ目蜻蜓科に属する大形のトンボの総称。鬼蜻蜓、銀蜻蜓など。（季・秋）

［解答］

①くわくらん　②こほろぎ　③まくなぎ　④あやめ　⑤やんま

［例句］

① 昼の月霍乱人が眼ざしや　芥川龍之介『我鬼句抄』

霍乱や一糸もつけず大男　村上鬼城『定本鬼城句集』

② こほろぎのこの一徹の貌を見よ　山口青邨『庭にて』

蟋蟀が深き地中を覗き込む　山口誓子『七曜』

③ 遠い会釈蠛蠓をうちはらひつつ　富安風生『冬霞』

まくなぎの阿鼻叫喚をふりかぶる　西東三鬼『夜の桃』

④ 旅人に雨の黄あやめ毛越寺　高野素十『野花集』

かくれ喪にあやめは花を落しけり　鈴木真砂女『居待月』

⑤ 鬼やんま追ひ越してゆく出羽詣　大橋敦子『雨月』

大利根の水を見にゆく銀やんま　火村卓造『長堤』

第10週

【問1】 次の俳句の□□に正しい文字を入れて下さい。

① □□の女みな死ぬ夜の秋　長谷川かな女

② □□回して鉾を回しけり　後藤比奈夫

［ヒント］ いずれも作者の代表句です。

①は、□□の書いた「好色一代女」「好色五人女」などを秋の夜に読んでいると、物語の主人公の女性が最後はすべて死んでしまうことに哀れを覚えたのだ。②「鉾」は「山鉾」の略。京都祇園会の山鉾を回している。その鉾を回していると、周囲の山々までもが廻っているように感じられたというダイナミックな一句。「諷詠」二代目主宰。

［解答と解説］

①**西鶴**　句集『胡笛』（昭和三十一年）所収

②**東山**　句集『花匂ひ』（昭和五十七年）所収

長谷川《はせがわ》かな女《じょ》（一八八七～一九六九）は、東京都日本橋生まれ。俳人長谷川零余子と結婚。杉田久女とともに大正時代を代表する女性俳人。昭和五年俳誌「水明」を創刊・主宰。句集に『雨月』『胡笛』『長谷川かな女全句集』など。

代表句　生涯の影ある秋の天地かな

羽子板の重さが嬉し突かで立つ

後藤比奈夫《ごとうひなお》（一九一七～）は、大阪市生まれ。父後藤夜半について俳句の道に入り、夜半の主宰誌「花鳥集」に拠る。昭和五十一年「諷詠」主宰を承継。句集に『沙羅紅葉』『めんない千鳥』など。

代表句　虹の足とは不確に美しき

人の世に翳ある限り花に翳

【問2】次の俳句の作者名を（　　）の中に入れて下さい。

①蔓踏んで一山の露動きけり　（　　）

②枯蓮のうごく時きてみなうごく　（　　）

③麦車馬におくれて動き出づ　（　　）

［ヒント］　動詞「動く」を用いた俳句。
①は、深吉野の山中を逍遥して蔓を踏んだところ、その蔓に絡まっていた樹木の枝々や下草に結んでいた露が一斉に落ちて、一つの山の露が動いたかのようだというもの。②は、薬師寺での作。この句は、池の枯れ蓮の一つが北風に煽られたら、全ての枯蓮が動いたというもの。作者の故郷津山市にこの句碑がある。③は、瞬間的な動きを巧みに描写した。馬と車の連結に僅かの動きの差のあることを知る。四万十川源流の光景。

［解答と解説］
①原《はら》　石鼎《せきてい》　句集『原石鼎全句集』（平成二年）所収
②西東三鬼《さいとうさんき》　句集『夜の桃』（昭和二十三年）所収
③芝《しば》　不器男《ふきお》　句集『定本芝不器男句集』（昭和四十五年）所収

原　石鼎（一八八六～一九五一）は、島根県出雲市生まれ。吉野隠栖時代に俳句開眼。大正十年俳誌「鹿火屋」を創刊・主宰。
代表句　淋しさにまた銅鑼打つや鹿火屋守
西東三鬼（一九〇〇～一九六二）は、岡山県津山市生まれ。歯科医師。新興俳句弾圧事件の際検挙される。俳壇の奇才と呼ばれた。句集に『旗』『夜の桃』『変身』など。
代表句　中年や独語おどろく冬の坂
芝　不器男（一九〇三～一九三〇）は、愛媛県松野町生まれ。「天の川」「ホトトギス」や郷土の俳誌に投句。俳壇を彗星のように駆け抜けた夭折の俳人。
代表句　寒鴉己《し》が影の上におりたちぬ

【問３】次の俳句には文語文法上の間違いまたは歴史的仮名遣い等の間違いがあります。間違い箇所を指摘し、正しい表記に改めて下さい。

① 花万朶空に三すじの飛行雲　（誤）　　（正）

② 風鈴をはずしひとつの音消ゆる　（誤）　　（正）

［ヒント］「じ」か「ぢ」か。「ず」か「づ」か。

①漢字で書けば「三筋」。「筋」は歴史的仮名遣いではどう書くか。

②漢字で書けば「外し」です。「外す」は歴史的仮名遣いではどう書くか。

［解答と解説］

①「三すじ」が誤り。正解は「三すぢ」です。

［「ぢ」を用いる例］

あぢ（味）　あぢ（鯵）　おぢる（怖）　かぢ（梶）　くぢら（鯨）
しめぢ（茸）　すぢ（筋）　ぢく（軸）　ぢぢ（爺）　はぢる（恥）
とぢる（閉）　ふぢ（藤）　もみぢ（紅葉）　やそぢ（八十路）
よぢる（攀）　わらぢ（草鞋）　をぢ（叔父）

②「はずし」が誤り。正解は「はづし」です。

［「づ」を用いる例］

あづける（預）　あづき（小豆）　あづさ（梓）　あづま（東）　いかづち（雷）
いづみ（泉）　うづ（渦）　うづめる（埋）　うづら（鶉）　かはづ（蛙）
きづく（築）　くづ（屑）　くづれる（崩）　けづる（削）　さへづる（囀）
しづか（静）　なづな（薺）　まづ（先）　まづしい　みづ（水）　ゆづる（譲）
よろづ（萬）　わづか（僅）　わづらふ（病）

【問４】次の漢字の読みを歴史的仮名遣いで□の中に入れて下さい。

①鳶尾 □□□□

②鵄尾 □□

③栂尾 □□□□

④蝸 牛 □□□□□

⑤天牛 □□□□

［ヒント］

①鳶尾　「一八」とも書く。アヤメ科の多年草。葉は剣状で、中央脈が膨らむ。火災を防ぐという俗信から、藁屋の上に植えることがある。（季・夏）

②鵄尾　「鴟尾」とも書く。古代の瓦葺宮殿・仏殿の大棟の両端に取り付けた装飾。瓦・銅または石で造る。後世は、鯱・鬼瓦となる。無季

③栂尾　京都府右京区梅ヶ畑の一地区。紅葉の名所。高雄（高尾）・槇尾とともに三尾（さんび）と称し、栂尾はその最北。明恵上人再興の高山寺がある。地名

④蝸牛　ででむし、まいまい。マイマイ科の陸生有肺類巻貝の一種の総称。（季・夏）

⑤天牛　「髪切虫」のこと。髪切虫科の甲虫の総称。口の左右に鋭い大顎があって、竹木類を咬むことがある。長い触角をもち、その基部に複眼がある。（季・夏）

［解答］

①いちはつ　②しび　③とがのを　④かたつむり　⑤かみきり

［例句］

① 鳶尾草や野鍛冶火花をよくとばす　皆川盤水『山海抄』

一八や何を食べても喉渇き　吉沢紀子『一八』

② 鴟尾躍るしばし大和の菜殻火に　阿波野青畝『紅葉の賀』

天平の鴟尾の影より地虫出づ　戸恒東人『寒禽』

③ 雛の軸かけて栂ノ尾高山寺　大石悦子『群萌』

栂尾につがの大木冬日濃し　戸恒東人『淅瀝』

④ 俳諧道五十三次蝸牛　加藤郁乎『初昔』

かたつむり甲斐も信濃も雨の中　飯田龍太『山の木』

⑤ 天牛の星空の髭長々と　斎藤夏風『禾』

嚙りゐし天牛指をのぼりきぬ　小澤實『瞬間』

第11週

【問1】次の俳句の□□に正しい文字を入れて下さい。

① □□ガバリと寒い海がある　西東　三鬼

② 海に出て□□帰るところなし　山口　誓子

［ヒント］「天狼」作家の代表句です。

①作者は高熱にうなされていたのであろうか。頭の下に□□を入れて貰ってそのつめたさにほっとして眠りにつくが、自分の脳は寒い海の中にあるようだ。

②陸から海に向かって去って行った北風（□□）はもう二度と戻ることはあるまい。その光景はひとたび出撃したら二度と戻らない、かの特別攻撃飛行隊の姿にも重なる。

［解答と解説］

①水枕　句集『旗』（昭和十五年）所収

②木枯　句集『遠星』（昭和二十二年）所収

西東三鬼《さいとうさんき》（一九〇〇〜一九六二）は、岡山県津山市南新座生まれ。歯科医師。伝統俳句から離れたモダンな感性を持つ俳句で新興俳句運動の中心人物として活躍。昭和十五年検挙される。昭和三十一年角川書店「俳句」編集長。昭和三十六年俳人協会の設立に参加。

代表句　算術の少年しのび泣けり夏

露人ワシコフ叫びて石榴打ち落す

山口誓子《やまぐちせいし》（一九〇一〜一九九四）は、京都市岡崎町生まれ。はじめ高浜虚子に師事。「ホトトギス」４Ｓの一人。昭和二十三年、西東三鬼、秋元不死男らと「天狼」創刊、のち主宰。文化功労者。句集に『凍港』『黄旗』『遠星』など。

代表句　学問のさびしさに堪へ炭をつぐ

夏の河赤き鉄鎖のはし浸る

【問2】次の俳句の作者名を（　　）の中に入れて下さい。

①玉虫の羽のみどりは推古より（　　）

②天平のをとめぞ立てる雛《ひひな》かな（　　）

③草餅を焼く天平の色に焼く（　　）

［ヒント］　わが国の古代、推古朝、天平時代に素材をとったもの。
①法隆寺所蔵の玉虫厨子には、金銅金具の下に玉虫の羽が埋め込まれている。この厨子は天平期のものだが、玉虫の羽は推古天皇の時代からあったかと作者は思う。「夏草」主宰。
②天平時代の美人画としては正倉院御物の鳥毛立女屏風に描かれた樹下美人が思い出される。女雛をみて連想したのだろう。「馬酔木」初代主宰。
③の天平の色とは何色か。草餅は濃い緑色、焼いても色は変わらない。「天為」主宰。

［解答と解説］

①**山口青邨**《やまぐちせいそん》　句集『露団々』（昭和二十一年）所収
②**水原秋櫻子**《みずはらしゅうおうし》　句集『葛飾』（昭和五年）所収
③**有馬朗人**《ありまあきと》　句集『母国』（昭和四十七年）所収

山口青邨（一八九二～一九八八）は、盛岡市生まれ。高浜虚子に師事。「ホトトギス」4Sの名付け親。昭和五年俳誌「夏草」創刊・主宰。東京大学工学部教授。

代表句　菊咲けり陶淵明の菊咲けり

水原秋櫻子（一八九二～一九八一）は、東京猿楽町生まれ。松根東洋城、ついで高浜虚子に師事。「ホトトギス」4Sの一人。医師・医学博士。昭和六年「馬酔木」創刊・主宰。

代表句　啄木鳥や落葉をいそぐ牧の木々

有馬朗人（一九三〇～）は、大阪生まれ。山口青邨に師事。東京大学総長、参議院議員、文部大臣などを歴任。国際俳句交流協会会長。平成二年「天為」創刊・主宰。

代表句　あかねさす近江の国の飾臼

【問3】次の俳句には文語文法上の間違いまたは歴史的仮名遣い等の間違いがあります。間違い箇所を指摘し、正しい表記に改めて下さい。

① ひまわりに広島の子として育つ　（誤）　（正）

② 行く夏に未練を残しをく渚　（誤）　（正）

［ヒント］

①漢字で書けば「向日葵」ですみますが、旧仮名遣い（平仮名）で書くときにはどう書きますか。

②漢字で書けば「置く」ですが、旧仮名遣い（平仮名）で書けばどう書きますか。江戸時代は、「をくのほそみち」と書いたものも見かけますが、江戸時代の文章には様々な誤記がありますので注意したいものです。

［解答と解説］

① **「ひまわり」が誤り。**「ひまわり」は現代仮名遣いです。**正解は「ひまはり」。**

「廻る」は「まはる」、「回る」も「まはる」。

② **「をく」が誤り。「おく」が正解です。**

念のため四段活用動詞「置く」の活用は左の通り。

動詞	語幹	未然形	連用形	終止形	連体形	已然形	命令形
置く	お	か	き	く	く	け	け

【問４】次の漢字の読みを歴史的仮名遣いで□の中に入れて下さい。

□□□□□
①虎落笛

□□□□
②炭斗

□□□□
③樏

□□□□
④鼯鼠

□□□
⑤氷下魚

［ヒント］

①虎落笛　冬の烈風が柵・竹垣などに吹きつけて、笛のような音を発するのをいう。（季・冬）

②炭斗　「炭取」とも。炭を小出しに入れておく器。木製または竹製が多い。（季・冬）

③樏　雪の中に足を踏み込んだり滑ったりしないように靴や藁靴などの下に履く、木の枝または蔓などを輪にした道具。木の爪を付けたものや鉄製のものもある。（季・冬）

④鼯鼠　「鼯」とも。リス科の哺乳類。体長40センチ。前後肢の間に飛膜が発達し、木から木へ滑空する。「晩鳥」（ばんどり）。（季・冬）

⑤氷下魚　タラ科の海産の硬骨魚。北海道では氷面下に網を入れて漁をする。（季・冬）

［解答］

①もがりぶえ　②すみとり　③かんじき　④むささび　⑤こまい

［例句］

① モガリ笛いく夜もがらせ花ニ逢はん　檀　一雄『モガリ笛』
もがり笛風の又三郎やあーい　上田五千石『田園』

② 炭斗のうち鮮しく日々穢る　篠田悌二郎『風雪前』
炭斗を置く一隅へ来て悼む　大石悦子『耶々』

③ ばりばりばりと欅鳴らす力足　加藤楸邨『吹越』
欅を履きて高野の人力車　福田蓼汀『暁光』

④ むささびにくまなく星の粒立てる　矢島渚男『船のやうに』
むささびの夜がたりの父わが胸に　右城暮石『散歩圏』

⑤ 氷の窓に冥き海ぞも氷下魚釣る　山口誓子『凍港』
かの魚を氷下魚とよびし夕かな　小澤　實『砧』

第12週

【問1】次の俳句の□□に正しい文字を入れて下さい。

① 鶏頭の□□□本もありぬべし　正岡　子規

② □□の死にどころなく歩きけり　村上　鬼城

［ヒント］

①子規庵の狭い庭に咲いている鶏頭の花。その花の数が何本あったか。俳人にはあまり人気はなかったが、歌人たちには評価が高かった。今はもっとたくさん咲いている。

②作者は耳が不自由で子も多く生活は苦しかった。そこで弱者の側に立った俳句が多く、また小さな生き物の哀れさにも目が行き届いた。

［解答と解説］

①十四五　『俳句稿』巻二（明治三十三年）所収

②冬蜂　句集『鬼城句集』（大正六年）所収

正岡子規《まさおかしき》（一八六七～一九〇二）は、伊予国温泉郡藤原新町生まれ。新聞「日本」記者。根岸短歌会主宰。著作に『病牀六尺』『仰臥漫録』「歌よみに与ふる書」など。忌日は九月十九日。獺祭忌。

代表句　春や昔十五万石の城下哉

　　　　赤とんぼ筑波に雲もなかりけり

村上鬼城《むらかみきじょう》（一八六五～一九三八）は、鳥取藩士の子として江戸に生まれる。八歳の時に高崎市に移住。耳疾のため軍人や司法官になるのを断念し、司法代書人として一生を高崎で過ごした。「ホトトギス」の代表的な俳人。句集に『鬼城句集』（大須賀乙字編）。

代表句　治聾酒の酔ふほどもなくさめにけり

　　　　生きかはり死にかはりして打つ田かな

【問2】次の俳句の作者名を（　　）の中に入れて下さい。

① 寒暁や神の一撃もて明ける（　　　　）

② 倒・裂・破・崩・礫の街寒雀（　　　　）

③ 寒禽しづかなり震度7の朝（　　　　）

［ヒント］　平成七年一月十七日の阪神・淡路大震災に被災した人の俳句。①作者は理学博士。奈良女子大学名誉教授。大地震が起こったのは早暁五時四十六分。マグニチュード7・3。「神の一撃」という捉え方をした。「風来」主宰。②は震災の惨状を、五つの漢字で表現した恐怖感の募る俳句である。季語は「寒雀」。人も鳥類も震災の被害者だった。同人誌「椰子」に拠った。③作者は当時神戸税関長。トアロード沿いの官舎で被災。外に出て避難していると、いつもは騒がしい鳥もひっそりとしていた。

［解答と解説］

①和田悟朗《わだごろう》　句集『即興の山』（平成八年）所収
②友岡子郷《ともおかしきょう》　句集『翌（あくるひ）』（平成八年）所収
③戸恒東人《とつねはるひと》　句集『寒禽』（平成十二年）所収

和田悟朗（一九二三～二〇一五）は、神戸市東灘区御影町生まれ。橋閒石「白燕」に参加（のち同人代表）。平成二十二年「風来」創刊・主宰。句集に『風車』など。

代表句　太陽を拒むものなし寒の海

友岡子郷（一九三四～）は、神戸市灘区生まれ。虚子、波多野爽波、飯田龍太に師事。昭和四十三年同人誌「椰子」創刊（平成二十四年解散）。句集に『翌』『黙礼』など。

代表句　跳箱の突き手一瞬冬が来る

戸恒東人（一九四五～）は、茨城県坂東市逆井生まれ。大蔵省（現財務省）勤務。土生重次に師事。平成三年俳誌「春月」創刊・主宰。句集に『福耳』など。

代表句　父の峰母の峰あり初筑波

【問3】次の俳句には文語文法上の間違いまたは歴史的仮名遣い等の間違いがあります。間違い箇所を指摘し、正しい表記に改めて下さい。

① 梅雨けしや鉄の臭ひの列車過ぎ　（誤）　（正）

② 謎解きまで読むか寝やうかちちろ鳴く　（誤）　（正）

［ヒント］

①どこにも間違いがないように見えますが、意外なところに潜んでいます。私は誤植だと思っていますが。

②「よう」は、すべて「やう」と表記するのでしょうか。

［解答と解説］

①「梅雨けし」が誤り。正解は「露けし」。

秋の季語で作った作品が並んでいる俳誌の中から見つけたもの。作者の書き間違えか、校正のミスかと思われます。「校正恐るべし」。

②「寝やう」が誤り。正解は「寝よう」（口語）、または「寝《い》ねむ」（文語）。

意思の助動詞「よう」は、文語の「見む」「せむ」（「む」は推量の助動詞）の類の音便ミウ・セウがミョウ・ショウと音転し、「見よう」「しよう」と書かれるようになって、一語として扱われるようになったもの。江戸時代以後の語（「広辞苑」より）。

活用（口語）は左の通り。

助動詞	語幹	未然形	連用形	終止形	連体形	已然形	命令形
よう		○	○	よう	（よう）	○	○

接続は、口語五段活用動詞以外の動詞の未然形。

【問４】次の漢字の読みを歴史的仮名遣いで□の中に入れて下さい。

□□□□□ □□□□ □□□ □□□□ □□□□

①寒　灸　②湯湯婆　③悴む　④楪　⑤草石蚕

［ヒント］

①寒灸　寒中行われる灸のこと。極寒の時期の灸はよく効くと言われている。（季・冬）

②湯湯婆　「湯婆」とも。中に湯を入れ、寝床などに入れて、足や体を温めるのに用いる道具。金属製または陶製。（季・冬）

③悴む　手足が凍えて思うように動かなくなること。かじける。（季・冬）

④楪　譲葉・交譲木とも書く。楪科の常緑高木。高さ６メートル内外。新しい葉が生長してから古い葉が譲って落ちるので、この名がある。葉を新年の飾物に用いる。（季・新年）

⑤草石蚕　シソ科の多年草。晩夏に地下に生ずる塊茎は食用で、赤く染めて正月の料理に用いる。（季・新年）

［解答］
①かんやいと　②ゆたんぽ　③かじか　④ゆづりは　⑤ちよろぎ

［例句］
① 下駄箱に白緒がひとつ寒灸　石田勝彦『秋興』
寒やいと伊吹艾《もぐさ》のひとつまみ　伊藤敬子『白泥』
② 寂寞と湯婆に足をそろへけり　渡辺水巴『水巴句集』
ゆたんぽを入れてふとんの端たたく　小原啄葉『永日』
③ 悴みて云へる仔細を聞かんとす　中村汀女『紅白梅』
かじかめる手にマッチすり渡しけり　星野立子『立子句集』
④ 楪の世阿弥まつりや青かづら　服部嵐雪『続猿蓑』
楪やゆづるべき子のありてよき　能村登四郎『羽化』
⑤ ちよろぎ赤し一年の計箸先に　加古宗也『八ッ面山』
再会の素つ気なかりし草石蚕かな　平沢陽子『茫茫』

第13週

【問１】次の俳句の□□に正しい文字を入れて下さい。

① 目出度さもちう位なり□□□□　小林　一茶

② □□□□貫く棒の如きもの　高浜　虚子

［ヒント］

①信州で生まれて江戸に奉公。俳諧師として名をあげて故郷に戻ったが、弟と相続を争い、一軒家を二つに等分して住み着いた。振り返ってみて中ぐらいかなと述懐する一茶。

②昭和二十五年、ラジオ番組で放送された新年詠。極めて観念的な俳句であるが、上五を大胆に持ってきて驚かせたことだろう。

［解答と解説］

①おらが春　『おらが春』所収。文政二年作。

②去年今年　句集『六百五十句』所収。昭和二十五年作。

小林一茶《こばやしいっさ》（一七六三〜一八二七）は、北国街道柏原宿生まれ。名は弥太郎。別号俳諧寺。十五歳で江戸に出、俳諧を二六庵竹阿に学んだ。子規は一茶の句風を「主として滑稽・諷刺・慈愛」と評した。与謝蕪村の天明調に対して化政調と呼ばれる。

代表句　やせ蛙まけるな一茶これにあり

雀の子そこのけそこのけお馬が通る

高浜虚子《たかはまきよし》（一八七四〜一九五九）は、愛媛県温泉郡長町新町の池内家に生まれる。本名清。祖母の家の高浜家を継ぐ。子規に兄事。松山で創刊の「ホトトギス」を東京で創刊し、のち俳句雑誌とする。長く俳壇に君臨した。昭和二十九年、文化勲章受章。

代表句　子規逝くや十七日の月明に

この庭の遅日の石のいつまでも

【問2】次の俳句の作者名を（　　）の中に入れて下さい。

① 下京や雪つむ上の夜の雨（　　）

② いくたびも雪の深さを尋ねけり（　　）

③ 雪はげし抱かれて息のつまりしこと（　　）

［ヒント］　雪を詠んだ俳句。

①芭蕉の弟子の作品。この句は最初上五がなくて、皆であれこれ考えていたが、芭蕉が「下京や」と付け、「ほかによい上五があれば、自分は俳諧をやめる」と言ったという。②明治二十九年の作。雪が降ったが、病臥している作者にはどの程度積もっているか分からない。そこで介護してくれている母や妹に聞いているのである。③官能的な俳句。実は作者三十八歳の時に五十一歳で亡くなった夫への追慕の句とされている。山口誓子に師事。

［解答と解説］

①野澤凡兆《のざわぼんてう》　『猿蓑』（元禄四年）所収

②正岡子規《まさおかしき》　句集『子規句集』（明治二十九年）所収

③橋本多佳子《はしもとたかこ》　句集『紅絲』（昭和二十四年）所収

野澤凡兆（一六四〇?～一七一四）は、加賀国金沢出身と言われる。医師。「猿蓑」を去来と共に編集。のち芭蕉に離反し、零落したと言われる。句風は印象鮮明で格調が高い。

代表句　市中は物のにほひや夏の月

正岡子規（一八六七～一九〇二）は、松山市生まれ。名は常規のちに升（のぼる）。近代俳句革新の旗手。文学者。獺祭書屋主人・竹の里人などの号も用いた。

代表句　毎年よ彼岸の入に寒いのは

橋本多佳子（一八九九～一九六三）は、東京都本郷区龍岡町生まれ。小倉市の「櫓山荘」に住み虚子を知る。杉田久女に俳句入門。戦後俳壇の女流スター。句集『海燕』など。

代表句　いなびかり北よりすれば北を見る

【問３】次の俳句には文語文法上の間違いまたは歴史的仮名遣い等の間違いがあります。間違い箇所を指摘し、正しい表記に改めて下さい。

①　せせらぎに添うて香れり金木犀　（誤）　（正）

②　水すましついと空蹴り雲を蹴り　（誤）　（正）

［ヒント］

①せせらぎにそって香る金木犀の花。この「そって」を漢字でどう書きますか。

②「水すまし」と「アメンボ（水馬）」とは、全く別の動物ですが、この区別が分からない人が多いようです。また関東と関西とでは別の言い方をするので、より厄介です。

［解答と解説］

① **「添うて」が誤り。正解は「沿うて」。（ウ音便）**

道や生垣、小流れやせせらぎに「そう」のは、「沿ふ」が適切です。

「添ふ」は「連れ添ふ」「添ひ寝」など、主に人や動物が接触している状態。

四段活用動詞「沿ふ」の活用は左の通り。

動詞	語幹	未然形	連用形	終止形	連体形	已然形	命令形
沿ふ	そ	は	ひ	ふ	ふ	へ	へ

※ウ音便は、「沿うて」となる。

② **「水すまし」が誤り。**句の内容から「空を蹴る」「雲を蹴る」ような動作をするのは、「アメンボ・水黽・水馬」（カメムシ目アメンボ科）のことと思われる。関西では「あめんぼ」は「ミズスマシ」と呼ばれているようだが、「ミズスマシ」は「まいまい・鼓虫」（ミズスマシ科の甲虫の総称）のこと。この句では**上五を「あめんぼう」とする。**

【問4】次の漢字の読みを歴史的仮名遣いで□の中に入れて下さい。

□□□□ ①金糸雀

□□□□□□ ②緋連雀

□□□□ ③雀斑

□□□□ ④山雀

□□□□ ⑤木雲雀

［ヒント］

①金糸雀　スズメ目アトリ科の鳥。スズメよりやや小さく、普通は黄色。姿と鳴き声が美しく、愛玩用。無季

②緋連雀　スズメ目レンジャク科の美しい小鳥。頭に特徴のある羽冠があり、背面は葡萄褐色。木の実を食する。（季・秋）

③雀斑　人の顔面などにできる茶褐色の小斑点。かすも。無季

④山雀　スズメ目シジュウカラ科の鳥。敏捷・怜悧で、籠鳥として愛玩。（季・夏）

⑤木雲雀　「便追（びんずい）」の別名。スズメ目セキレイ科の鳥。多く地上で生活し、尾を上下に振る習性がある。（季・夏）

［解答］
①かなりあ　②ひれんじやく　③そばかす　④やまがら　⑤きひばり

［例句］
① 金糸雀は金の能管春の月　戸恒　東人（春月）
カナリアの餌に束ねたるはこべかな　正岡　子規『俳句稿』
② 緋連雀一斉に立つてもれもなし　阿波野青畝『万両』
死の十日あとの空より緋連雀　友岡　子郷『春隣』
③ 雀斑美しく寒餅焼き焦す　鷹羽　狩行『女人抄』
そばかすをくれたる父と新酒汲む　仙田　洋子『雲は王冠』
④ 山雀の高音に成るも別れかな　向井　去来『裸麦』
山雀の山を出でたる日和かな　藤野　古白『古白遺稿』
⑤ 黒姫山へ便追は唄惜しみなく　山田みづえ『まるめろ』
また揚がる便追をまた仰ぐかな　正木ゆう子『静かな水』

第14週

【問1】次の俳句の□□に正しい文字を入れて下さい。

① 立春の米こぼれをり□□橋　石田　波郷

② 春寒やぶつかり歩く□犬　村上　鬼城

［ヒント］

①生涯病魔と闘った俳人。戦後は江東区北砂町に転居。この句の橋は、荒川・中川に架かる橋で、当時は江東区南砂町と江戸川区小島町の間に架かっていた木橋。

②犬が人や家の塀などにぶつかりながらよたよたと歩いているというのだから、この犬は目が見えないのであろう。春まだ浅い町中の犬の動きに哀れさを感じる作者。

［解答と解説］

①**葛西**　句集『雨覆』（昭和二十三年）所収

②**盲**　句集『村上鬼城句集』（大正十五年）所収

石田波郷《いしだはきょう》（一九一三～一九六九）は、愛媛県温泉郡垣生村生まれ。水原秋櫻子に師事し「馬酔木」に拠る。昭和十七年応召、華北に渡り山東省に駐屯。昭和十九年左湿性胸膜炎を発症。昭和二十一年妻子を伴って葛西の義兄宅に仮寓。同年「鶴」復刊。

代表句　バスを待ち大路の春をうたがはず

初　蝶　や　吾　が　三　十　の　袖　袂

村上鬼城《むらかみきじょう》（一八六五～一九三八）は、鳥取藩士小原平之進の長男として江戸に生まれる。高崎裁判所司法代書人となる。作風は自らも不遇な環境に置かれたため、困窮した生活や人生の諦観など、憐れみ、哀しみを詠った俳句が多い。

代表句　念力のゆるめば死ぬる大暑かな

秋　の　暮　水　の　や　う　な　る　酒　二　合

【問2】次の俳句の作者名を（　　）の中に入れて下さい。

① 梅一輪一輪ほどの暖かさ　（　　）

② 勇気こそ地の塩なれや梅真白　（　　）

③ 白梅のあと紅梅の深空あり　（　　）

［ヒント］　梅を詠んだ俳句。
①其角と双璧と呼ばれた芭蕉の高弟の作品。この句の「ほど」とは、一輪「づつ」の意味ではなく、一輪「程度の」の意味。庭の梅でも盆の梅でもよい。②は、昭和十九年作者が出征する時に生徒に送ったという句。「地の塩」とは聖書のマタイ伝にある言葉。作者は死の前日洗礼を受けた。洗礼名「ヨハネ・マリア・ヴィアンネ・中村清一郎」。③白梅と紅梅との咲く時期の違いを素直によんだ。森澄雄とともに伝統俳句の代表的継承者。

［解答と解説］

①服部嵐雪《はつとりらんせつ》『遠のく』（宝永五年）所収

②中村草田男《なかむらくさたお》句集『来し方行方』（昭和二十二年）所収

③飯田龍太《いいだりゅうた》句集『山の木』（昭和五十年）所収

服部嵐雪（一六五四～一七〇七）は、江戸湯島生まれの武士。蕉門最古参の門人の一人で、其角と実力は拮抗した。性格は温厚篤実で、雪門系の多くの門人を育成した。

代表句　蒲団着て寐たる姿や東山

中村草田男（一九〇一～一九八三）は、中国厦門《アモイ》生まれ。父は松山市出身。昭和二十一年俳誌「萬緑」創刊・主宰。人間探求派の一人。

代表句　冬の水一枝の影も欺かず

飯田龍太（一九二〇～二〇〇七）は、山梨県境川村（現笛吹市）生まれ。飯田蛇笏の四男。「雲母」主宰を継承。平成四年「雲母」九〇〇号をもって終刊。

代表句　涼風の一塊として男来る

【問3】次の俳句には文語文法上の間違いまたは歴史的仮名遣い等の間違いがあります。間違い箇所を指摘し、正しい表記に改めて下さい。

① しほらしく拝む童や地蔵盆　（誤）　（正）

② 畑打ちにせせらぐ雲の流れかな　（誤）　（正）

［ヒント］

①形容詞「しおらしい」（控え目でつつしみがあり、感心であるの意）を文語ではどう書くか。

②名詞「せせらぎ」（浅い瀬などを水が流れる音。またその所。小川。小流れの意）を動詞として使うことが出来ますか。どのように活用させせますか。

［解答と解説］

① 「しほらしく」が誤り。正解は「しをらしく」。

② 「せせらぎ」は名詞。また「せせらぐ」という動詞はない。

この句の場合「せせらぐ」という四段活用動詞があって、その連体形が「せせらぐ」であるという誤解に基づいている。辞書にはみえない造語である。

正しい表記にするためには、俳句そのものを直すしかないが、例えば《せせらぎに畑打つ雲の流れかな》など。

このような名詞の動詞化は、最近頻繁に見られるようになっている。

例えば、草萌　→　草萌ゆ（草萌えて・草萌ゆる）
　　　　朝焼　→　朝焼く（朝焼けて・朝焼くる）
　　　　夕焼　→　夕焼く（夕焼けて・夕焼くる）
　　　　夕凪　→　夕凪ぐ（夕凪ぎて・夕凪ぐる）
　　　　深眠り　→　深眠る

など、いずれも造語（誤用）です。

【問4】次の漢字の読みを歴史的仮名遣いで□の中に入れて下さい。

①雁風呂 □□□□
②藍微塵 □□□□□
③鵺 □□
④仏手柑 □□□□□
⑤繍線菊 □□□□

［ヒント］

①雁風呂　雁が秋に銜えてきた木を、春には銜えて帰ると考え、残った木は日本で死んだ雁のものとする俗信から、青森県外ヶ浜で雁を供養した風習。（季・春）

②藍微塵　普通には濃淡の藍染め糸2種を用いた縞柄のことをいうが、俳句では勿忘草のこと。（季・春）

③鵺　トラツグミの異称。源頼政が紫宸殿上で射取ったという伝説上の怪獣の意味も。（季・夏）

④仏手柑　ミカン科の常緑低木。果実の下端は裂けて、指を連ねた形に似る。砂糖漬けにして食用とする。（季・秋）

⑤繍線菊　バラ科の落葉小低木。下野国に多いので名付ける。（季・夏）

［解答］

①がんぶろ　②あゐみぢん　③ぬえ　④ぶしゆかん　⑤しもつけ

［例句］

① 雁風呂や火に入れて人低唱す　藤木　倶子　『火を蔵す』

乾びたる藻を焚き付けに雁供養　棚山　波朗　『雁風呂』

② 藍微塵遠き師の恋歌の恋　石原　八束　『断腸花』

空白の日記に挟む勿忘草　澤田　緑生　『緑標』

③ 鵺鳴くや人より怖きもののなし　野見山ひふみ　『貴船菊』

鵺鳴いて一升壜がもう空らに　奈良　文夫　（萬緑）

④ 仏手柑海の暾《あさひ》が路地にくる　関　成美　『空木抄』

仏手柑の灯影に仏手見たりけり　大橋　敦子　（雨月）

⑤ 繡線菊やあの世へ詫びにゆくつもり　古舘　曹人　『繡線菊』

よく晴れて師弟の歌碑や繡線菊草　山田みづえ　『味爽』

第15週

【問1】次の俳句の□□に正しい文字を入れて下さい。

① ゆく春や重たき□□の抱きごころ　　与謝　蕪村

② ふだん着でふだんの心□の花　　細見　綾子

［ヒント］

①□□には楽器の名前が入る。「ゆく春」と「重たき」という感覚は我々もよく理解できる。そういえば飯田龍太の句に《紺絣春月重く出でしかな》がある。

②こういった日常の感覚が俳句になるというのは楽しい。□には、花の名前が入るが、梅でも桜でもないやや派手目の春の花。

［解答と解説］

①琵琶　『五車反故』所収

②桃　句集『桃は八重』（昭和十七年）所収

与謝蕪村《よさぶそん》（一七一六～一七八四）は、摂津国毛馬村生まれ。幼時から絵画に長じ、文人画で大成するかたわら、早野巴人に俳諧を学び、正風（しょうふう）の中興を唱え、感性的・浪漫的俳風を生みだした。芭蕉と併称される。

代表句　御手打ちの夫婦なりしを更衣
　　　　牡丹散て打かさなりぬ二三片

細見綾子《ほそみあやこ》（一九〇七～一九九七）は、兵庫県氷上郡芦田村生まれ。昭和二十一年沢木欣一の「風」創刊に同人として参加し、昭和二十二年沢木と結婚。昭和五十四年句集『曼陀羅』他の業績にて蛇笏賞受賞。

代表句　そら豆はまことに青き味したり
　　　　女身仏に春剝落のつづきをり

【問2】次の俳句の作者名を（　　）の中に入れて下さい。

① 奈良七重七堂伽藍八重桜　（　　　）

② 風に落つ楊貴妃桜房のまゝ　（　　　）

③ 山又山山桜又山桜　（　　　）

［ヒント］　桜を詠んだ俳句。

①七重八重、七堂伽藍を組み合わせた優雅な一句。全て漢字の句であるが、文字の画数や骨格で更に印象鮮明となっている。郷里伊賀に近い奈良にはよく門弟と旅に出た。②いわば薄幸の女流俳人。楊貴妃桜の名句としてはこの句を措いて外はない。房のまま地に落ちた楊貴妃桜に、自分の姿を投影しているのであろうか。③全て漢字で表記された句であるが「山」が四つもあり、またリフレインが効いているので分かりやすい。４Ｓの一人。

［解答と解説］
①松尾芭蕉《まつおばしょう》　『泊船集』所収
②杉田久女《すぎたひさじょ》　句集『杉田久女句集』（昭和二十七年）所収
③阿波野青畝《あわのせいほ》　句集『甲子園』（昭和四十七年）所収

松尾芭蕉（一六四四～一六九四）は、伊賀上野赤坂生まれ。江戸深川の芭蕉庵に拠り、蕉風を創始。各地を旅して多くの名句と紀行文を残した。難波にて客死。
代表句　閑かさや岩にしみ入る蟬の声
杉田久女（一八九〇～一九四六）は、鹿児島市生まれ。高浜虚子に師事。のち「ホトトギス」同人を削除される。生前の句集上梓はならなかった。
代表句　ぬかづけばわれも善女や仏生会
阿波野青畝（一八九九～一九九二）は、奈良県高市郡高取町生まれ。原田濱人、高浜虚子に師事。「ホトトギス」４Ｓの一人。昭和四年「かつらぎ」創刊・主宰。
代表句　葛城の山懐に寝釈迦かな

【問３】次の俳句には文語文法上の間違いまたは歴史的仮名遣い等の間違いがあります。間違い箇所を指摘し、正しい表記に改めて下さい。

① 枕木の土留めに段差ふじ袴　（誤）　（正）

② 朝冷やとろろあおいのねりの効く　（誤）　（正）

［ヒント］

①「富士山」の「ふじ」と藤袴の「ふじ」は、歴史的仮名遣いで同じでしょうか。

②「とろろあおい」（黄葵）の根の粘液は和紙の糊材として使われる。

［解答と解説］

①「ふじ袴」が誤り。正解は「ふぢ袴」。

漢字で「藤袴」と書けばよかったのですが。平仮名にするときには注意しましょう。
「富士山」は「ふじさん」。また「躑躅」は「つつじ」、「籤」は「くじ」です。

②「とろろあおい」が誤り。正解は「とろろあふひ」です。

したがって「葵」は「あふひ」、「葵祭」は「あふひまつり」です。

【問４】次の漢字の読みを歴史的仮名遣いで□の中に入れて下さい。

□□　①魞
□□　②鳰
□□□　③檀
□□　④榧
□□□□　⑤槐

［ヒント］

①魞　定置漁具の一種。河川・湖沼などの魚の通路に細長く屈曲した袋状に竹簀を立てて魚を捕らえる仕掛け。琵琶湖によく見られる。「魞挿す」（季・春）、「魞簀編む」（季・冬）。

②鳰　カイツブリ目カイツブリ科の水鳥。湖沼・河川などに普通に見られる。巧みに潜水して小魚を捕食。巣は折枝・蘆・水草などで水上に作り「鳰の浮巣」という。（季・冬）

③檀　ニシキギ科の落葉低木。初夏淡緑色の小花を多数つける。角ばった果実は熟せば4裂して紅い種子を現す。「檀の花」（季・夏）。「檀の実」（季・秋）。

④榧　イチイ科の常緑高木。核は食用・薬用とし、また油を搾る。「榧の実」（季・秋）

⑤槐　マメ科の落葉高木。夏に黄白色の蝶形花をつける。「槐の花」（季・夏）

［解答］
①えり　②にほ　③まゆみ　④かや　⑤ふんじゅ

［例句］
① 魞挿して波をなだむる奥琵琶湖　福永　耕二『踏歌』
男と女昔のままに魞を挿す　三村　純也『常行』
② 湖や渺々として鳰一つ　正岡　子規『子規句集』
古利根の水なめらかや鳰進む　高野　素十『雪片』
③ 花まゆみ女人の私語の語尾弾み　大石　悦子『群萌』
山湖澄み空と檀の実と映る　岡田　日郎『紅玉』
④ 榧の木に榧の実のつくさびしさよ　北原　白秋『竹林清興』
掃き寄せしままの榧の実鎮守さま　星野　恒彦『邯鄲』
⑤ 葉がくれの星に風湧く槐かな　杉田　久女『杉田久女句集』
雲がくれするか槐の花の下　松澤　昭『乗越』

第16週

【問1】次の俳句の□□に正しい文字を入れて下さい。

① □□や何處までゆかば人に逢はむ　臼田　亞浪

② □□□名山けづる響かな　前田　普羅

［ヒント］

①□□には鳥の名前が入る。夏、日本に渡来し、モズ・ホオジロ・オオコシキリ・オナガの巣中に托卵する。また、古来、和歌などで「ほととぎす」にこの字を当てた。

②名山の山肌を削りながら滔々と流れる川。その轟々たる響きが離れたところからでも聞こえる。なんと雄大なことであろうか。

［解答と解説］

①郭公　　句集『亞浪句鈔』（大正十四年）所収

②雪解川　　句集『新訂普羅句集』所収。大正四年作。

臼田亞浪《うすだあろう》（一八七九〜一九五一）は、長野県小諸生まれ。大正四年大須賀乙字と共に「石楠」を創刊。自然観のある一句一章の句を主導。原田種茅、大野林火、篠原梵などを育てた。句集に『亞浪句鈔』『旅人』『定本亞浪句集』など。

代表句　　影富士の消ゆくさびしさ花芒

　　　　　夕暮の水のとろりと春の風

前田普羅《まえだふら》（一八八四〜一九五四）は、東京芝生まれ。大正十三年から報知新聞富山支局長として勤める。大正元年「ホトトギス」に投句。鬼城・蛇笏・石鼎と並ぶ虚子門四天王となる。とくに山岳俳句の峻厳な神韻をもって知られる。昭和四年「辛夷」主宰。

代表句　　駒ヶ嶽凍てゝ巌を落しけり

　　　　　奥白根彼の世の雪をかゞやかす

【問2】次の俳句の作者名を（　　）の中に入れて下さい。

①　白牡丹といふといへども紅ほのか　（　　　　）

②　牡丹百二百三百門一つ　（　　　　）

③　ぼうたんの百のゆるるは湯のやうに　（　　　　）

［ヒント］　牡丹を詠んだ俳句。

①純白な牡丹の花にほのかに紅色が浮かんで見えたという。鋭い感覚の句である。桜を青ざめていると把握した野澤節子の句もある。明治・大正・昭和の俳壇を支配した俳人。②牡丹の花の数と言うよりも、牡丹の株の数だろう。山門を潜ったら、期待に違わずものすごい数の牡丹に遭遇した。「かつらぎ」初代主宰。③「ゆるる」と「湯のやうに」とヤ行の音が心地よい。生死を分けた戦争体験を持つ。「杉」創刊・主宰。文化功労者。

［解答と解説］

①高浜虚子《たかはまきよし》　句集『虚子全集』所収。大正十四年作。

②阿波野青畝《あわのせいほ》　句集『紅葉の賀』（昭和三十七年）所収

③森《もり》　澄雄《すみお》　句集『鯉素』（昭和五十二年）所収

高浜虚子（一八七四〜一九五九）は、松山市生まれ。正岡子規に兄事。「ホトトギス」主宰。昭和二十九年文化勲章受章。句集・俳論書など多数。忌日は四月八日。虚子忌。

代表句　流れ行く大根の葉の早さかな

阿波野青畝（一八九九〜一九九二）は、奈良県高取町生まれ。原田濱人、高浜虚子に師事。「ホトトギス」4Sの一人。昭和四年「かつらぎ」創刊・主宰。句集に『万両』など。

代表句　なつかしの濁世の雨や涅槃像

森　澄雄（一九一九〜二〇一〇）は、兵庫県旭陽村に生まれ、五歳から長崎市で育つ。昭和十七年応召、ボルネオで終戦を迎える。加藤楸邨に師事。「杉」創刊・主宰。

代表句　若狭には仏多くて蒸鰈

【問3】次の俳句には文語文法上の間違いまたは歴史的仮名遣い等の間違いがあります。間違い箇所を指摘し、正しい表記に改めて下さい。

① **なめくじの来し方隠すすべもなく**　（誤）　（正）

② **玄海灘早や暮れなづむ秋の旅**　（誤）　（正）

〔ヒント〕

①「蛞蝓」の歴史的仮名遣いは、正しくはどう書きますか。

②「暮れなづむ」は正しい表記です。ではどこが間違っているのでしょうか。

〔解答と解説〕

①「なめくじ」が誤り。正解は「なめくぢ」。

「蛞蝓」は、歴史的仮名遣いでは「なめくぢ」です。同様に「鯨」は「くぢら」。

②「玄海灘」が誤り。正しくは「玄界灘」です。

玄界灘は、福岡県の北西方の海。東は響灘、西は対馬海峡・壱岐水道に連なり、冬季風波の激しさで名高い。洋中に沖ノ島・大島・小呂島・烏帽子島・姫島・玄界島など。一方「玄海」とも書かれるが、これは玄海国定公園・玄海町などの名称で使われているもの。海の名称の時は必ず「玄界灘」と書きます。

【問４】次の漢字の読みを歴史的仮名遣いで□の中に入れて下さい。

①霾る □□□

②料峭 □□□□

③望潮 □□□□□

④蘖 □□□□

⑤優曇華 □□□□

［ヒント］

①霾る　土の降るさま。特に中国北部などで、風が粉末状の黄土を吹き上げ、天空が黄色になる現象。黄砂。ばい。（季・春）

②料峭　「峭」は、きびしい意で、「料峭」はきびしさを肌ではかる意。春風が肌に寒く感じられるさま。「春寒料峭」。（季・春）

③望潮　スナガニ科のカニ。干潮時に大きな鋏を上下に動かすさまが潮を招くように見えるからこう言われる。（季・春）

④蘖　伐った草木の根株から出た芽。孫生の意。（季・春）

⑤優曇華　クサカゲロウが、夏に卵を草木の枝や古材・器物などに付けたもの。（季・夏）

［解答］

①つちふ（る）　②れうせう　③しほまねき　④ひこばえ　⑤うどんげ

［例句］

① 霾や墓地をくる手のひらひらと　波多野爽波『骰子』

殷亡ぶ日の如く天霾れり　有馬朗人『知命』

② 料峭や人より長き棒の影　棚山波朗『料峭』

春寒料峭曖昧宿の置き薬　星野石雀『延年』

③ うしなへる時の重たさ望潮　波戸岡旭『菊慈童』

引く波に挙手の礼して望潮　戸恒東人『白星』

④ 大木の蘖したるうつろかな　高浜虚子『虚子全集』

蘖や涙に古き涙はなし　中村草田男『銀河依然』

⑤ 優曇華やきのふの如き熱の中　石田波郷『惜命』

優曇華やさびしき方に二條城　日美清史『暾』

第17週

【問1】次の俳句の□□に正しい文字を入れて下さい。

① 滝落ちて□□世界とゞろけり　水原　秋櫻子

② 滝の□に□現れて落ちにけり　後藤　夜半

［ヒント］

①□□には色彩の名前が入る。那智の滝に、この句の句碑がある。荘厳流麗なる一句である。

②虚子選「新日本名勝俳句」の箕面の滝の入選句。こう詠まれてみると、当り前の光景だが、印象は鮮明である。

［解答と解説］

①群青　句集『帰心』（昭和二十九年）所収

②上・水　句集『後藤夜半句集』（昭和三十二年）所収

水原秋櫻子《みずはらしゅうおうし》（一八九二～一九八一）は、東京猿楽町生まれ。松根東洋城、次いで高浜虚子に師事。「ホトトギス」4Sの一人。医師・医学博士。昭和六年「馬酔木」創刊・主宰。石田波郷、加藤楸邨らを育て、綺麗寂びの世界を築く。句集に『葛飾』など。

代表句　馬酔木より低き門なり浄瑠璃寺

冬菊のまとふはおのがひかりのみ

後藤夜半《ごとうやはん》（一八九五～一九七六）は、大阪市生まれ。大正十二年「ホトトギス」に投句。昭和二十三年「花鳥集」を創刊。のち「諷詠」と改題・主宰。句集に『翠黛』『底紅』など。子は二代目主宰後藤比奈夫、孫が三代目主宰後藤立夫、曾孫が四代目主宰和田華凜。

代表句　香水やまぬがれがたく老けたまひ

よき言葉聴きし如くに冬薔薇

【問2】次の俳句の作者名を（　　）の中に入れて下さい。

①　草の戸に我は蓼くふほたるかな　（　　　）

②　蛍獲て少年の指みどりなり　（　　　）

③　ゆるやかに着てひとと逢ふ蛍の夜　（　　　）

［ヒント］　蛍を詠んだ俳句。

①芭蕉の高弟。この句に対して芭蕉は《朝顔に我は飯くふをとこかな》と奇をてらわぬ自分の生活ぶりを詠んで返したという。

②子どものいなかったこの句の作者には、親戚や門弟の子供たちを詠んだ句が多い。

③妖艶な雰囲気の溢れる句である。蛍の夜浴衣をゆるやかに着てやってきた女性を見ると、男性は目の遣り場に困る。《窓の雪女体にて湯をあふれしむ》という句も同じ作者。

［解答と解説］

①榎本其角《えのもときかく》　『虚栗』所収

②山口誓子《やまぐちせいし》　句集『青女』（昭和二十五年）所収

③桂　信子《かつらのぶこ》　句集『月光抄』（昭和二十四年）所収

榎本其角（一六六一～一七〇七）は、江戸生まれ。十五歳の頃に芭蕉に入門。服部嵐雪とともに江戸蕉門の最古参として活躍。

代表句　鶯の身をさかさまに初音かな

山口誓子（一九〇一～一九九四）は、京都市生まれ。はじめ高浜虚子に師事。昭和二十三年「天狼」創刊、のち主宰。文化功労者。

代表句　全長のさだまりて蛇すすむなり

桂　信子（一九一四～二〇〇四）は、大阪市生まれ。日野草城門下。戦後「草苑」を創刊・主宰。平成四年蛇笏賞受賞。句集に『女身』『晩春』『樹影』など。

代表句　ひとづまにゑんどうやはらかく煮えぬ

【問3】次の俳句には文語文法上の間違いまたは歴史的仮名遣い等の間違いがあります。間違い箇所を指摘し、正しい表記に改めて下さい。

① 踏青やくんずほぐれつ兄おとと　（誤）　（正）

② 小流れの石につまずき花筏　（誤）　（正）

［ヒント］

「づ」か「ず」かのよくある間違いです。

①「くんず」とは。漢字で書けばどうなるかを考えれば、正解がたちどころにわかります。

②「躓く」を仮名で書けばどうか。「づ」か「ず」か。

〔解答と解説〕

①「くんずほぐれつ」が間違い。正解は「くんづほぐれつ」。

「くんづほぐれつ」は、接続助詞「つ」が、「…つ…つ」の形で、「…たり…たり」という意味。「組みつほぐれつ」が「組んづほぐれつ」（組み合ったり離れたりして激しく動き回るさま）と転じたもの。

②「つまずき」が間違い。正解は「つまづき」。

動詞「躓く」は「つまづく」。「躓く」は「爪突く」（つまづ・く）の意味。

【問４】次の漢字の読みを歴史的仮名遣いで□の中に入れて下さい。

①彳亍　□□□□□

②孑孑　□□□□

③懸想文　□□□□□

④枸橘　□□□□

⑤囮鮎　□□□□□

［ヒント］

①彳亍　「彳」は左歩、「亍」は右歩。佇むこと、または少し歩くこと。無季

②孑孑　蚊類の幼虫。多く汚水中に棲み、水面で羽化して成虫となる。孑孒。（季・夏）

③懸想文　江戸時代、正月に懸想文売りの売り歩いたお札。もと花の枝につけた艶書であったが、のちに細い畳紙の中に洗米２〜３粒を入れ、男女の良縁を得る縁起としたもの。現在では京都の須賀神社で毎年節分の日に再現される。「懸想文売」は（季・新年）。

④枸橘　唐たちばなの略。ミカン科の落葉低木。棘が多い。「枸橘の花」は（季・春）。

⑤囮鮎　鮎釣りの一般的な漁法に鮎の習性（縄張り性）を利用した友釣りがあるが、その時に囮として針につけられる鮎のこと。（季・夏）

［解答］

①てきちよく　②ぼうふら　③けさうぶみ　④からたち　⑤をとりあゆ

［例句］

①彳亍と渚の雪に千鳥かな　大石　悦子『百花』

彳亍と登る参道雪しづり　戸恒　東人『淅瀝』

②孑孑や日にいく度のうきしづみ　小林　一茶『七番日記』

孑孑の水石階にくつがへす　石田　波郷『春嵐』

③誰が筆のその紅や懸想文　松根東洋城『渋柿句集』

売り声は上げず売りゐる懸想文　永川　絢子『桧扇』

④からたちは散りつゝ青き夜となるも　藤田　湘子（馬酔木）

人まれに花からたちの雨を過ぐ　目迫　秩父『雪無限』

⑤ひかり合ふ生簀の夜の囮鮎　黒田　杏子『水の扇』

囮鮎五匹取り出し二匹買ふ　茨木　和生『倭』

第18週

【問1】次の俳句の□□に正しい文字を入れて下さい。

① くろがねの秋の□□鳴りにけり　飯田　蛇笏

② おい□め酌みかはさうぜ秋の酒　江國　滋

［ヒント］　初秋の微妙な心境を詠んだもの。
①□□は夏の季語であるが、秋に入っても軒下に吊ってある。南部鉄製のものであろうが、その音色にしみじみと秋を感じたのだ。
②作者は、食道□と診断され、何回かの手術を受けたが、転移して帰らぬ人となった。「週刊新潮」の編集部に在勤したことがある。享年六十二。辞世の句。

［解答と解説］

①風鈴　句集『霊芝』（昭和十二年）所収

②癌　句集『癌め』（平成九年）所収

飯田蛇笏《いいだだこつ》（一八八五〜一九六二）は、山梨県境川村生まれ。「ホトトギス」に投句。大正時代の俳壇の巨匠。「雲母」主宰。西島麦南、中川宗淵などの俊秀を育てた。句集に『山廬集』『山響集』『家郷の霧』など。評論、随筆も多数。

代表句　流灯や一つにはかにさかのぼる

なまなまと白紙の遺髪秋の風

江國《えくに》　**滋**《しげる》（一九三四〜一九九七）は、東京生まれ。演芸評論家・エッセイスト・俳人。昭和四十四年、小沢昭一、永六輔らと「やなぎ句会」を発足させる。俳号は滋酔郎。平成九年春、食道癌と診断され、同年八月十日逝去。長女は作家の江國香織。

代表句　残寒やこの俺がこの俺が癌

四万六千日いのちかみしめ外泊す

【問2】次の俳句の作者名を（　）の中に入れて下さい。

①　秋暑き汽車に必死の子守唄　（　　）

②　太陽はいつもまんまる秋暑し　（　　）

③　てにをはを省き物言ふ残暑かな　（　　）

［ヒント］　残暑を詠んだ俳句。

①女流作家。自分のお子さんを詠んだ句が多い。暑い汽車の中で、泣き出した子を泣き止ませようと汗だくで子守唄を歌ってあやしている若い母親。②毎日毎日まん丸な顔をだしている太陽が残暑の原因だ。運輸省の練習船事務長として日本丸、海王丸などに勤務した。③大蔵官僚の四十代半ばの頃の作。余りの暑さに、「風呂」「めし」「水」など必要なことだけ言って、助詞は省略する。それで通じる日本語。

［解答と解説］

①中村汀女《なかむらていじょ》　句集『汀女句集』（昭和十九年）所収

②三橋敏雄《みつはしとしお》　句集『しだらでん』（平成八年）所収

③戸恒東人《とつねはるひと》　句集『福耳』（平成七年）所収

中村汀女（一九〇〇〜一九八八）は、熊本市生まれ。高浜虚子に師事。情感豊かな写生句で、日常の中から清新な香気をくみ取る。昭和二十二年「風花」創刊・主宰。

代表句　秘めごとの如く使へる扇かな

三橋敏雄（一九二〇〜二〇〇一）は、八王子市生まれ。渡辺白泉、西東三鬼に師事し、新興俳句無季派の俳人となる。第二十三回蛇笏賞受賞。句集に『まぼろしの鱶』など。

代表句　いつせいに柱の燃ゆる都かな

戸恒東人（一九四五〜）は、茨城県生まれ。平成十一年俳句結社誌「春月」創刊・主宰。句集に『福耳』『寒禽』、評論に『誓子―わがこころの帆』など。

代表句　満天の星の重さに胡桃落つ

【問3】次の俳句には文語文法上の間違いまたは歴史的仮名遣い等の間違いがあります。間違い箇所を指摘し、正しい表記に改めて下さい。

① 庭の香のひとときは濃ゆき若葉雨　（誤）　（正）

② 病室の春光癒えの近むなり　（誤）　（正）

［ヒント］

形容詞の活用の間違い、あるいは形容詞の動詞化をしたことによる間違い探しです。

①既に問題に出したものの復習です。形容詞「濃し」はどう活用しますか。

②形容詞「近し」はどう活用するか。

［解答と解説］

① **「濃ゆき」が間違い。**

形容詞「濃し」には、「濃ゆき」（連体形か？）という活用はない。従って、例えば「**濃くて**」とする。なお、「濃かり」は誤り。「濃けれ」は係助詞（こそ）がないので不適。ク活用「濃し」の活用は左の通り（第9週第3問参照）。

形容詞	語幹	未然形	連用形	終止形	連体形	已然形	命令形
濃し	こ	（く）	く	し	き	けれ	けれ
		から	かり		かる		

なお、未然形「から」は「ば」「ず」「む」に、連用形「かり」は「き」「けり」に連なる。

② **「近む」が間違い。**

「近む」という動詞はない。**「近づきぬ」**などと直すこと。

これは形容詞の動詞化の悪い例。これが通れば「遠む」「軽む」「重む」「濃む」「淡む」などもありということになって始末に負えなくなります。

【問4】次の漢字の読みを歴史的仮名遣いで□の中に入れて下さい。

□□□ □□□□ □□ □□□□ □□□

①蚯蚓 ②薑 ③罌粟の花 ④楊梅 ⑤糺の森

［ヒント］

①蚯蚓　貧毛類の環形動物。魚釣りの餌にしたり、漢方薬の強壮剤や解熱剤にも使用したりする。（季・夏）「蚯蚓鳴く」は、（季・秋）。

②薑　生姜または山椒の古称。（季・秋）

③罌粟の花　五月頃、白・紅・紅紫・紫などの四弁花を開く。蒴果は球形。未熟の果実の乳液から阿片・モルヒネを製する。このため一般の栽培は禁止されている。（季・夏）

④楊梅　春、帯黄紅色の小花を密生のち紫紅色の集合果を結ぶ。日本の暖地に自生し、街路樹としても植栽。果実は食用。山桃。（季・夏）

⑤糺の森　京都市左京区、下鴨神社の森の称。賀茂・高野川の合流点の近く。歌枕

［解答］

①みみず　②はじかみ　③けし　④やまもも　⑤ただす

［例句］

① 朝すでに砂にのたうつ蚯蚓またぐ　西東　三鬼『今日』

貌といふものを持たざる蚯蚓の死　津田　清子『七重』

② 命惜しむ如葉生姜を買ひて提ぐ　石田　波郷『惜命』

谷中生姜の名に残りたるわが生地　能村登四郎『羽化』

③ 棹竹の雫落ちけり罌粟の花　広瀬　惟然『罌粟合』

罌粟ひらく髪の先まで寂しきとき　橋本多佳子『紅絲』

④ 楊梅の山もりわびし山折敷　蝶　夢『草根発句集』

やまももの落ちてしきりや力士塚　榎本　好宏『三遠』

⑤ 水ひびく糺の森の茅の輪かな　七田谷まりうす『初秋』

糺の森カラヤン指揮の紅葉散る　名村早智子『参観日』

第19週

【問1】次の俳句の□□に正しい文字を入れて下さい。

① □言へば□寒し秋の風　松尾　芭蕉

② □□□も小粒になりぬ秋の風　森川　許六

［ヒント］　秋風を詠んだ蕉門の句。

①この句は警句のようでよく知られる。前書きに「座右の銘」として「人の短をいふ事なかれ。己が長をとく事なかれ」とある。作句年は不明であり、芭蕉没後の俳諧集に所収。

②□□□とは、駿河国宇津谷（うつのや）峠の麓で売られた名物の団子。小さく、色は白・黄・赤の三種で、十個ずつ竹串につらぬく。現在は食用というより、鑑賞物・お土産。

［解答と解説］

①物・唇　『古文庫』所収

②十団子《とをだご》　『韻塞』所収

松尾芭蕉《まつおばしょう》（一六四四～一六九四）は、伊賀上野生まれ。藤堂新七郎家に料理人として出仕。のち江戸に上り、三十四、五歳の頃に宗匠立机。深川に移住し「芭蕉庵」を結ぶ。生涯妻帯せず子もない。寿貞尼は芭蕉若き頃の「妾《しょう》」とする説がある。俳聖。

代表句　数ならぬ身となな思ひそ玉祭

　　　　秋深き隣は何をする人ぞ

森川許六《もりかわきょりく》（一六五六～一七一五）は、彦根生まれ。彦根藩士。名は百仲。武芸・詩歌・絵画に優れた。芭蕉に入門したのは、元禄五年（一六九二年）。蕉門十哲の一人。編著『韻塞（いんふさぎ）』『本朝文選』など。「十団子」の句は芭蕉に激賞された。

代表句　なの花の中に城あり郡山

　　　　大名の寝間にてねたる寒さ哉

【問2】次の俳句の作者名を（　　）の中に入れて下さい。

① **鳥わたるこきこきこきと罐切れば**（　　　）

② **渡り鳥みるみるわれの小さくなり**（　　　）

③ **新宿ははるかなる墓碑鳥渡る**（　　　）

［ヒント］「鳥渡る」を詠んだ俳句。
①この句の「こきこきこきと」のようにオノマトペを使った有名な句が多い。昭和十六年京大俳句事件で検挙・投獄される。俳句モノ説を唱えた。②渡り鳥の方から作者を見たらどうかという逆転の発想から得られた名句。句集『田園』により俳人協会賞受賞。解離性動脈瘤により急逝。享年六十三。③師の能村登四郎の慫慂により鹿児島県から千葉県に転居。将来が大いに期待されたが、敗血症により四十二歳で急逝。

［解答と解説］
①秋元不死男《あきもとふじお》　句集『瘤』（昭和二十五年）所収
②上田五千石《うえだごせんごく》　句集『田園』（昭和四十三年）所収
③福永耕二《ふくながこうじ》　句集『踏歌』（昭和五十五年）所収

秋元不死男（一九〇一〜一九七七）は、横浜市生まれ。東京三《ひがしきょうぞう》とも号した。島田青峰に師事。京大俳句事件に連座して検挙・投獄される。「氷海」創刊・主宰。

代表句　降る雪に胸飾られて捕へらる

（昭和十六年二月、俳句事件にて検挙）

上田五千石（一九三三〜一九九七）は、東京都渋谷区生まれ。大学在学中、秋元不死男に師事。昭和四十八年「畦」創刊・主宰。「らんぶる」主宰の上田日差子《ひざし》は娘。

代表句　秋の雲立志伝みな家を捨つ

福永耕二（一九三八〜一九八〇）は、鹿児島県生まれ。教員。昭和四十年上京。能村登四郎の「沖」創刊に参加。「馬酔木」編集長。昭和五十五年敗血症にて死去。

代表句　花冷えや履歴書に押す磨滅印

【問3】次の俳句には文語文法上の間違いまたは歴史的仮名遣い等の間違いがあります。間違い箇所を指摘し、正しい表記に改めて下さい。

① ひとひらの落花は念珠もちてけり　（誤）　（正）

② 矢狭間に緑の風の押し寄せり　（誤）　（正）

［ヒント］

①動詞「持つ」と助詞「て」はどのように接続するか。また助動詞「けり」は、助詞に接続するか。

②動詞「押し寄せる」は、文語では「押し寄す」。そうすると助動詞「り」とは、どう接続するか。

〔解答と解説〕

① **「もちてけり」が間違い。**

接続助詞「て」は、活用語の連用形に付く。また助動詞「けり」は、活用語の連用形に付く。つまり助詞「て」に助動詞「けり」は接続しない。**「もちにけり」**とするか、**「もちてをり」**などとすべきである。

② **「押し寄せり」が間違い。**

助動詞「り」は、サ変活用の未然形・四段活用の已然形に接続。下二段動詞「押し寄す」には、そもそも接続しない。**「押し寄せて」「押し寄せぬ」「押し寄せたり」などとする。**

下二段活用動詞「押し寄す」の活用は左の通り。

動詞	語幹	未然形	連用形	終止形	連体形	已然形	命令形
押し寄す	おしよ	せ	せ	す	する	すれ	せよ

【問４】次の漢字の読みを歴史的仮名遣いで□の中に入れて下さい。

①鵲 □□□□□

②乞巧奠 □□□□□□□

③佞武多 □□□

④金雀枝 □□□□□

⑤千屈菜 □□□□□

［ヒント］

①鵲　スズメ目カラス科の鳥。カラスよりやや小さい。肩羽と腹面とが白色であるほかは、黒色で金属光沢がある。佐賀平野を中心に北九州に生息し、天然記念物。（季・秋）

②乞巧奠　陰暦七月七日の夜、供え物をして牽牛・織女星を祀る行事。（季・秋）

③佞武多　東北地方で行われる陰暦七月七日の行事。竹や木を使って紙貼りの武者人形・悪鬼・鳥獣などを作り、中に灯をともして屋台や車に乗せて練り歩く。ねぷた。（季・秋）

④金雀枝　「金雀児」とも。五月頃、葉腋に黄金色の蝶形花をつける。（季・夏）

⑤千屈菜　「溝萩」とも。夏、淡紅紫色６弁の小花を長い花穂に密生。盆の供花。（季・秋）

［解答］

①かささぎ　②きかうでん　③ねぶた（ねぷた）　④えにしだ　⑤みそはぎ（みぞはぎ）

［例句］

① 鵲は魂の緒の母の使かな　山口　青邨『雪国』

鵲を蘇州にて聞き柳川に　松崎鉄之介『信篤き国』

② 日の入りて空の匂ひや乞巧奠　椎本　才麿『星祭』

今昔のためしをひきし乞巧奠　筑紫　磐井『野干』

③ 今生を燃えよと鬼の佞武多来る　成田　千空『忘年』

佞武多去るくれなゐが去る総て去る　鈴木　鷹夫『風の祭』

④ 金雀枝やわが貧の詩《うた》こそばゆし　森　澄雄『花眼』

窓を隔てて金雀枝と金糸雀と　片山由美子『香雨』

⑤ 千屈菜の咲き群れて咲く水の翳　石原　八束『風信帖』

みぞはぎは大好きな花愚図な花　飯島　晴子『寒晴』

第20週

【問1】次の俳句の□□に正しい文字を入れて下さい。

① 玉の如き□□日和を授かりし　松本　たかし

② 銀杏散るまつただ中に□□あり　山口　青邨

［ヒント］

①陰暦十月の異称。「小六月」ともいう。十一月や十二月の頃、晴れた日は冬にも拘わらず春のような陽気の日に出会うことがある。それを「玉の如き」と言った。

②作者は東京大学工学部教授。この句碑は東大の三四郎池のほとりの植え込みにある。東大正門から安田講堂に向かって銀杏並木があるが、その左右は法学部の教室である。

［解答と解説］

①小春　句集『松本たかし句集』（昭和十年）所収

②法科　句集『露団々』（昭和十七年）所収。昭和十六年作。

松本《まつもと》たかし（一九〇六～一九五六）は、東京神田猿楽町生まれ。宝生流能役者の家に長男として生まれる。高浜虚子に師事。病を得て能役者になることを諦め、俳句専心となる。昭和二十一年「笛」を創刊・主宰。句集に『石魂』（読売文学賞）など。

代表句　チチポポと鼓打たうよ花月夜

ひく波の跡美しや桜貝

山口青邨《やまぐちせいそん》（一八九二～一九八八）は、盛岡市生まれ。東京大学工学部教授。高浜虚子に師事。「ホトトギス」4Sの名付け親。昭和五年「夏草」を創刊・主宰。句集に『雑草園』『雪国』『花宰相』など。

代表句　みちのくの鮭は醜し吾もみちのく

外套の裏は緋なりき明治の雪

【問2】次の俳句の作者名を（　　）の中に入れて下さい。

①凩の果はありけり海の音　（　　　）

②木がらしの地にも落さぬ時雨かな　（　　　）

③木がらしや目刺にのこる海のいろ　（　　　）

［ヒント］「木枯し（凩）」を詠んだ俳句。

①この句は、山口誓子の《海に出て木枯帰るところなし》に類似しているものとして、度々論じられる。芭蕉と同時期の人で「木枯」の句を得意とした。②京都嵯峨野に落柿舎を結び、師匠の芭蕉もたびたび滞在した。凡兆と共編で『猿蓑』を編集。③小説家。一九一六年第4次『新思潮』を発刊し、創刊号に載せた「鼻」が夏目漱石に絶賛される。「余技は発句の外には何もない」と言っていたほど俳句にのめり込んでいたという。

［解答と解説］

①**池西言水**《いけにしごんすい》　『新撰都曲』所収

②**向井**《むかい》**去来**《きょらい》　『風俗文選』（宝永三年）所収

③**芥川**《あくたがわ》**龍**《りゅう》**之**《の》**介**《すけ》　句集『澄江堂句集』（昭和二年）所収

池西言水（一六五〇～一七二二）は、奈良生まれ。十六歳の時に法体となり、俳諧に専念。一六七六年江戸に出て、芭蕉や才麿らと交流し、のち京都に居住。

代表句　菜の花や淀も桂も忘れ水

向井去来（一六五一～一七〇四）は、儒医向井元升の次男として長崎に生まれる。以後京都に移住。一六八六年江戸に下向し芭蕉に会う。嵯峨野に落柿舎を結ぶ。

代表句　岩はなやここにもひとり月の客

芥川龍之介（一八九二～一九二七）は、東京・京橋生まれ。小説家。俳句は、室生犀星、小島政二郎らと句会を持った。俳号我鬼。昭和二年七月二十七日没（自殺）。享年三十六。別号澄江堂主人。

代表句　水洟や鼻の先だけ暮れ残る

【問3】次の俳句には文語文法上の間違いまたは歴史的仮名遣い等の間違いがあります。間違い箇所を指摘し、正しい表記に改めて下さい。

① 降らず降らずみ芙蓉の青葉天に向き　（誤）　（正）

② 老いまじと高く蹴りあげ半仙戯　（誤）　（正）

［ヒント］

①慣用語は「降らず降らずみ」だったでしょうか。

②助動詞「まじ」は、動詞の何形に接続するでしょうか。

［解答と解説］

① **「降らず」が間違い。正しくは「降りみ」。**

この慣用語の出典は、『後撰集』所収の歌《神無月ふりみ降らずみ定めなき時雨ぞ冬のはじめなりける》であるので、最初が「降らず」は誤り。正確に覚えたいものです。

② **「老いまじ」が間違い。正しくは「老ゆまじ」**

助動詞「まじ」は、ラ変以外の活用動詞の終止形、ラ変型活用動詞の連体形に付き「べし」の否定の意を表す。「老い」は「老ゆ」の未然形または連用形であるので「まじ」には接続しない。終止形「老ゆ」に接続して「老ゆまじ」とすべきである。

ヤ行上二段活用動詞「老ゆ」の活用は左の通り。

動詞	語幹	未然形	連用形	終止形	連体形	已然形	命令形
老ゆ	お	い	い	ゆ	ゆる	ゆれ	いよ

【問4】次の漢字の読みを歴史的仮名遣いで□の中に入れて下さい。

①筬 □□

②笈摺 □□□□

③早苗饗 □□□□

④防人 □□□□

⑤荻 □□

［ヒント］

①筬　織機の付属具。経糸（たていと）の位置を整え、緯線（よこいと）を打ち込むのに用いる。かつては竹筬であったが、現在では扁平な針金の金筬を多く用いる。無季

②笈摺　巡礼者などが着物の上に着る、無袖羽織に似たうすい衣。無季

③早苗饗　「さのぼり（早上り）」の転。田植を終えた際の祝の祭。（季・夏）

④防人　古代、多くは東国から徴発されて筑紫・壱岐・対馬など北九州の守備に当たった兵士。令には、三年を一期として交替させる規定があった。無季

⑤荻　イネ科の多年草。多くは水辺に自生し、しばしば大群落を作る。（季・秋）

［解答］

①をさ　②おひずり（おひずる）　③さなぶり　④さきもり　⑤をぎ

［例句］

①　筬音の切羽つまりし二月かな　福田甲子雄『白根山麓』

夜長機筬の青糸は紅糸　橋本多佳子『海彦』

②　焼栗や笈《おひ》摺《ずる》納めきし門前　野澤節子『鳳蝶』

身に入むや堂に笈摺重ねられ　喜多杜子（春月）

③　早苗饗に山下りて来る上り来る　右城暮石『天水』

早苗饗のあいやあいやと津軽唄　成田千空『天門』

④　防人の妻恋ふ歌や磯菜摘む　杉田久女『杉田久女句集』

訛強き防人の歌冬田道　戸恒東人『淅瀝』

⑤　野の川の蘆荻の水のかすかなる　山口誓子『激浪』

荻の風いとさう〴〵しき男かな　与謝蕪村『蕪村全句集』

あとがき

この本は、俳句を始めたばかりか、これから俳句を始めようと思っている人に、俳句の面白味を知って頂くためにクイズ形式で書いたもので、平成二十六年一月から二十四回にわたって雑誌「俳壇」に連載したものを20週に短縮し、一部を改めたものである。

俳句を始めるには、五七五と指を折って俳句を作ることも重要であるが、有名な俳句を知ることや、芭蕉以来の有名な俳人達のプロフィールを知ることもまた大切なことである。さらに俳句をやって行くにつれ、文法や仮名遣い、さらには難しい季語や言葉に遭遇することがあるので、そうした問題にも的確に対処する必要がある。

この本は、どこから読み始めてもよいように構成してある。従って第5週から始めてもよいし、各週の問1だけを続けて解いても構わない。要するに開いたところから始めていただければよいと思っている。

平成二十九年二月　　七面山書屋にて

戸恒　東人

著者略歴

戸恒　東人（とつね・はるひと＝本名）

昭和20年茨城県生まれ。東京大学法学部卒業。大蔵省造幣局長、帝京大学教授、公益社団法人俳人協会理事長などを歴任。

俳句雑誌「春月」創刊・主宰。

句集に『福耳』『寒禽』『白星』『淅瀝』など、評論に『漂泊の風姿』『誓子―わがこころの帆』など著作多数。

20週俳句入門　クイズで学《まな》ぶ俳句講座《はいくこうざ》

2017年３月25日　発行

著　者　戸恒　東人

発行者　奥田　洋子

発行所　本阿弥《ほんあみ》書店

東京都千代田区猿楽町２－１－８　三恵ビル　〒101－0064
電話　03－3294－7068（代）　振替　00100－5－164430

印刷・製本　日本ハイコム㈱

定価はカバーに表示してあります。

ISBN978-4-7768-1293-7（3011）C0092　Printed in Japan